바람개비 정원

바람개비 정원

재미동포 화가 한순정 그림 에세이

초판 1쇄 발행 | 2018년 10월 17일

지은이 한순정
책임편집 박혜련
북디자인 최윤선
제작 공간

펴낸이 박혜련
펴낸곳 도서출판 오르골
등록 2016년 5월 4일(제2016-000131호)
주소 서울시 마포구 월드컵북로 400, 문화콘텐츠센터 5층 13호
전화 02-3153-1322
팩스 070-4129-1322
이메일 orgelbooks@naver.com
블로그 blog.naver.com/orgelbooks

ISBN 979-11-959372-3-3 03810

책값은 뒤표지에 있습니다.

이 도서의 국립중앙도서관 출판예정도서목록(CIP)은 서지정보유통지원시스템 홈페이지(http://seoji.nl.go.kr)와 국가자료공동목록시스템(http://www.nl.go.kr/kolisnet)에서 이용하실 수 있습니다.(CIP제어번호: CIP2018029219)

이 제작물은 아모레퍼시픽의 아리따글꼴을 사용하여 디자인 되었습니다.

새미동포 화가 한순정 그림 에세이

바람개비 정원

한순정 글·그림

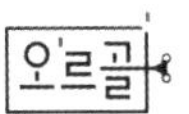

서문

나의 80여 년 삶을 돌아보면 순풍에 돛을 단 인생은 아니었다. 젊어서는 1960년대 초 미국 이민 1세로서 어려움을 겪었으며, 노년에는 머리를 다친 남편을 돌보느라 10년 동안 힘들었다. 그러나 원하던 대로 화가가 되었고 지금까지 작품 활동도 지속해 왔으니 그리 나쁘지 않은 삶이었다고 생각한다.

나는 서양화를 전공했지만, 이민 직후 가족을 부양하느라 순수 미술이란 궤도를 이탈했다. 중년에 다시 학교로 돌아갔을 때 아카데믹 사회에서는 나를 반기지 않았다. 대학원 평가회의 때 어떤 교수는 "순수 미술에서 벗어나 상업 미술에 발을 들인 사람치고 출세한 이를 본 적이 없다"고 말하기도 했다. 하지만 나는 그 '이탈'을 통해 세상에 순수 미술만 존재하는 것이 아님을 알았고, 더 넓은 미술의 세계를 향해할 수 있었다. 상업 미술 경험이 내 작품에 다양성과 깊이를 더했다고 자부한다.

"늘 새로운 것을 찾아라." 나는 작품에 임할 때마다 화가 정규 선생님이 강조하셨던 말씀을 되새기곤 한다. 그래서 드로잉과 페인팅에서 더 나아가 판화에 도전하고 모노타이프 판화를 스스로 터득했으며, 나만의 '종이엮기' 기법도 만들어냈다. 남편의 보호자 역할을 하느라 작업이 여의치 않을 때조차 새로운 형태의 '종이접기'를 고안해 내며 조각 시간을 활용했다.

나는 순수 미술과 상업 미술의 경계를 넘나들며 다작을 했다. 그렇게 몰두한 결과물이 그림과 종이엮기 각각 100여 작품, 판화와 드로잉은 수백 점에 이른다. 종이접기 작품은 헤아리기 어려울 정도다. 또 나는 우연한 기회에 미국 한인 신문에 칼럼을 연재하게 되었고, 그것을 계기로 틈틈이 글을 써왔다. 지난해 남편의 재를 시부모님 산소에 뿌려주기 위해 방한했을 때 지인들이 내 태블릿 PC에 저장된 그림과 글을 보고 출판을 권유했다.

해가 바뀌고 2018년이 되어 모국에도 통일의 길조가 보이듯, 나 개인에게도 길조가 보인다. 땡볕 아래 작품 사진을 찍으며 흘린 땀방울이 결실을 맺게 된 것이다. 나와 출판사는 '태평양'을 사이에 두고 출간을 준비했다. 대단치 않은 내 컴퓨터 실력으로 모든 자료를 주고받았다는 사실이 새삼 놀랍고 신기하다. 현대의 과학기술이 아니었다면 불가능했으리라. 문필가도 아니면서 글까지 넣으려니 조심스러우나 이 또한 내 삶을 기록한 '항해 일지'라고 생각하며 용기를 냈다. 이런 경사를 남편 및 양가 부모님과 함께할 수 없음이 아쉽다.

고마운 분들이 많지만 특히 책 발간을 응원해 준 이종사존 농생늘, 남편의 친구이자 나의 외사촌인 이광수 님, 그리고 출판의 기회를 마련해 준 도서출판 오르골에게 감사드린다.

다가오는 가을, 출간에 맞춰 모교 이화여대 교내에서 전시회도 할 예정이다. 재학생 신분으로 교내 개인전을 연 지 60여 년 만에 같은 곳을 찾게 되어 감회가 새롭다. 그사이 교정의 모습은 많이 변했겠지만 내 마음은 세월을 거슬러 학창 시절로 돌아간다.

젊어서 고국을 떠나 55년, 모국에서 처음 대하는 독자들과 많이 소통하고 공감할 수 있다면 큰 기쁨이겠다.

2018년 7월

한순정

추신. 미국에서는 남편의 성을 따라 황순정(Soon Jung Hwang)이란 이름을 쓰고 있다. 작품 서명에도 이 이름을 사용했다.

추천의 글

바람개비를 닮은 화가

이광수_(주)KWB 회장 역임

저는 미술을 전공한 사람도 아니요 문학을 하는 사람도 아닙니다. 그럼에도 이 글을 쓰게 된 이유가 있습니다.

화가 한순정과 저는 어려서부터 여든을 넘긴 지금까지 가까이서 보아온 동갑내기 동무입니다. 사촌간이기도 합니다. 그녀의 어머니가 제 고모이시니까요. 또 운명처럼 한순정은 나의 절친한 친구와 결혼했습니다. 그래서 감히 잘 안다고 말해도 지나침이 없는 사이입니다. 그림이나 글도 결국은 작가의 삶을 반영한 것이라 할 때 그 삶을 잘 아는 이가 작품도 이해할 수 있지 않을까요.

천진난만하던 한순정, 그녀가 어느덧 노화가가 되어 책을 펴냅니다. 이 책은 '인간 한순정'의 삶이 담긴 자서전이자 '예술가 한순정'의 작품이 살아 숨쉬는 작품집입니다. 때로는 제가 익히 아는 사촌 동생의 모습이 보이고, 또 때로는 늘 새로운 것을 추구하는 예술가의 면모도 보입니다. 이 책을 통해 인간 한순정, 예술가 한순정을 다시 발견하게 된 것입니다.

저는 같은 시대를 살아온 사람으로서 한순정의 글과 그림 덕분에 추억 여행을 하는 기쁨도 누렸습니다. 그런가 하면 저 역시 고국을 떠나 미국에서 생활했던 재외 동포로서 공감 가는 부분도 많았습니다. 미술면에서 화가 한순정은 여러 장르를 넘나들며 다채로운 작품 세계를 펼쳐 보입니다. 자신의 전공인 서양화는 물론 판화와 종이엮기, 심지어 종이접기 공예에 이르기까지. 이처럼 다양한 작업을 해내는 예술가들이 과연 몇이나 될까요.

화가 한순정은 역경에도 굴하지 않고 예술과 함께했습니다. 제가 미국 남가주에 정착한 뒤 한순정 부부가 인근으로 이주해 와서 이웃사촌이 되었는데, 몇 해 후 그 남편 건강이 악화되어 병원과 집을 오가야 했습니다. 보통 사람 같으면 그 상황만으로도 벅찰 텐데, 한순정은 남편을 헌신적으로 돌보면서도 담담하게 작업을 이어갔습니다. 집안에서 그림을 그리고 판화를 찍어냈으며, 전시회에도 참가했습니다. 이렇게 구도자처럼 정진하는 모습이 저에게는 늘 감동이었습니다.

본문에 "남겨진 바람개비들은 내가 병원과 집을 오가는 동안에도 여전히 꿋꿋하게 돌아가고 있었다"라는 대목이 나옵니다. 한순정의 삶이 바로 그 '바람개비'와 닮아 있는 게 아닐까요.

바람개비처럼 꿋꿋하게 살아온 화가 한순정. 그녀의 '바람개비 정원'이 부디 많은 이들에게 사랑을 받기 바랍니다. 가족의 한 사람이자 첫 번째 독자로서 뜨겁게 응원하며….

편집자 노트

'이게 정말 다 한 사람의 작품인가?' 화가 한순정 님의 그림 샘플을 처음 보고 나서 든 생각이다. 세월의 흐름에 따라 그림풍이 바뀌거나 작업 방식이 달라진 화가는 봤어도 이처럼 다양한 작품을 동시에 진행하는 경우는 보지 못했기 때문이다. 더욱이 20대에 그린 작품에서든 최근 작품에서든 한결같이 느껴지는 '열정'이라니!

1937년생, 우리 나이로 여든둘. 저자는 지금도 모노프린트를 연구하고, 새로운 종이접기 작품을 실험한다고 했다. 70년 넘게 이어온 미술에 대한 열정은 실로 놀랍고 존경스러웠다. 하지만 편집자 입장에서는 다소 부담스러웠던 것도 사실이다. 세월의 두께만큼 켜켜이 쌓인 그림과 글을 어떻게 추릴 것인가.

"그림 그리듯 글을 쓰고, 글 쓰듯 그림을 그리는" 저자답게 그림은 물론 글 원고의 양도 방대했다. 그것을 네 개의 장으로 정리했으며, 첫 번째로 일제강점기에 태어나 6·25전쟁을 겪고 미국 이민을 떠난 저자의 개인사는 마치 할머니가 들려주는 '옛날이야기'처럼 흥미진진하다. 다음으로 미국 한인 신문에 연재했던 칼럼에서는 모국에 대한 따스한

애정이 느껴지고, 미술 작품 전반에 대한 이야기에서는 유익한 정보도 얻을 수 있다. 끝으로 마지막 장에서는 책의 제목이 된 '바람개비'와 '정원'에 얽힌 사연이 나온다. 그곳에는 과거의 아름다운 추억과 현재 진행형 꿈이 함께하고 있다.

'바람개비' 하면 '불굴의 의지'가 연상되는 부모님 세대와 달리 요즘 세대는 '낭만과 휴식'이란 단어부터 떠올린다. 어쩌면 그런 젊은이들에게 저자가 살아온 '치열함'은 다소 낯선 것일지도 모른다. 그러나 그림과 글에 담긴 진정성은 세대를 아우르는 힘을 갖고 있으리라.

열정 넘치는 한 사람의 인생을 온전히 담아내는 일은 만만치 않았다. 편집자로서 책 한 권이 아니라 거의 전집에 버금가는 품을 들이다 보니 지치기도 했다. 그런데 한 작품 한 작품 살펴보던 중 문득 내가 '한 순정 인생 전시회'에 초대받은 것 같은 기분이 들었다. 누군가의 귀한 전시에, 그것도 맨 처음 초대받는 영광을 누리다니.

전시장에 가서 좋은 작품을 만나면 가까이서 들여다보고 멀리 떨어져서도 보며 오래 머물지 않는가. 나도 그렇게 '바람개비 정원'에서 저자의 인생을 보고 또 보았다. 전시장을 나설 때쯤 저자가 내게 속삭인다. "살아보니 그리 나쁘지 않아."

브라보 유어 라이프! 바람개비 화가님, 멋지세요.

차례

C h a p t e r 3

21초에 이루어지는 판화

C h a p t e r 4

바람개비와 모빌

일러두기

* 맞춤법과 외래어 표기는 현행 '한글 맞춤법 규정'과 《표준국어대사전》(국립국어연구원)을 따랐다(볼티모어, 프렌드십 등). 단 글의 흐름상 필요한 경우, 관용적 표기나 음역어는 그대로 살렸다(불란서, 남가주 등).
* 책·정기 간행물은 《 》로, 노래 제목은 〈 〉로 표기했다.
* 본문의 각주 및 연보는 편집자가 정리한 내용이다.
* 미술 전문 용어는 본문에 풀어쓰거나 각주로 달았다.
* 작품 설명 중 제목은 한글과 영어를 병기했으며, 재료는 영어로 표기했다.

Chapter 1

그래서 화가가 되었다

내가 성장하던 시기는 전시였고 빈곤한 때였으니
어찌 보면 미술을 공부한다는 자체가 사치였다.
그러나 전시에 자란 내게도 미술가의 꿈이 있었고 그것을 이루었다.

불란서 인형과 지푸라기 인형

우리 세대는 일제강점기에 태어나서 제2차 세계대전 막바지에 초등학교(그 당시 공식 명칭은 '국민학교'였다)에 들어갔다. 일본은 군수물자로 쓰기 위해 집안에서 사용하던 놋으로 된 용기를 모두 공출해 갔고, 심지어 제기까지 깨뜨려서 가져갔다.

그런 상황이다 보니 장난감들은 질이 나쁠 수밖에 없었다. 속에는 지푸라기가 들어 있고 거죽은 인조견으로 싸인 인형들은 쉽게 찢어지기 일쑤였다. 고모들은 도자기의 일종인 포슬린(porcelain)으로 만든 고급 프랑스 인형을 유리 장에 넣어둔 채 어린 내가 손도 대지 못하게 했다. 나는 그것을 가리켜 '불란서 인형'이라고 불렀다.

학교 미술 시간에 선생님이 각자 장난감을 가져와서 그림을 그리도록 하셨을 때, 나는 지푸라기 인형을 자랑스럽게 들고 가서 꺼내놓았다. 그림이 잘되어 교실 뒤에 붙자, 작은 고모가 학교에 와서 그것을 보고는 "이럴 줄 알았으면 내 인형을 빌려줄걸" 하고 말했다. 나는 속으로 생각했다.

'비록 지푸라기 인형이라도 이건 내 것이고, 불란서 인형이 아무리 좋아도 내가 만지지 못하면 무슨 소용이지?'

작은 고모는 시집갈 때 그 인형들도 가지고 갔다. 그리고 후에 작은 고모가 미국에 간 동안에는 그 시누이들이 가지고 놀았다.

초등학교 1학년 어느 미술 시간에는 이런 일도 있었다. 나와 남학생 한 명이 앞에 나가 모델로 앉아 있고 반 아이들이 우리 둘 중 하나의 초상화를 그렸다. 나는 집에서 자주 삼촌의 모델을 해보았으니 괜찮았지만 처음 모델이 되어본 남학생은 시간이 끝나기 전에 울음보를 터뜨리고 말았다. 4학년 때도 나는 한 번 더 모델로 앉아야 했다. 선생님들은 내 얼굴이 그리기 쉽다고 생각하셨나 보다. 나도 그림을 그리고 싶은데 앉아 있어야 했고, 아이들이 나를 우스꽝스럽게 그려놓았다.

해방 직후에도 일본 인형이나 서양 인형은 있었으나 한복을 입은 인형은 없었다. 어머니는 나를 위해 도자기 인형 몸통에 솜씨 좋게 한복을 만들어 입혀주셨다. 예쁜 한복 인형을 학교에 가지고 가자, 우리 반 학생들 모두가 그 인형에 홀딱 반했다.

나는 그 인형이 자랑스럽고 좋았다. 그런데 남동생들이 한복 인형을 신기해하며 마구 다루는 바람에 얼마 못 가서 움식이는 팔나리 부품을 이어주는 고무줄이 끊어져 버렸다. 지금 같으면 수선이 가능하겠지만

수중 생물 Underwater Creatures
Monoprint, 48×63.5cm, 1998

그때는 고칠 수 없었고, 또 남동생들이 남은 조각들마저 깨뜨리고 말았다. 나는 친구를 잃은 듯 너무나 슬펐다.

부산 피난 시절, 우리 학교에는 인형 만드는 시간이 있었다. 그때부터 시작해서 나는 참으로 많은 인형을 직접 만들었다. 어른이 된 후에는 남이 만든 본을 사용하는 데 그치지 않고 직접 고안하기도 했으며, 헝겊 인형에 수를 놓아 얼굴을 만들기도 했다.

고모들은 평화 시에 자랐기에 프랑스 도자기 인형을 가졌고, 전시에

•

둥근 언덕 Rolling Hills

Collagraph, 51×66cm, 1991

자란 나는 지푸라기 인형으로 만족하는 수밖에 없었다. 작은 고모의 고급 도자기 인형을 눈앞에 두고도 체념해야 했다. 바로 그 작은 고모가 후에 도자기 인형을 직접 제작하셨으며, 내게도 도자기로 된 얼굴과 몸 세트를 여러 개 만들어주셨다. 나는 그것으로 인형을 만들고 옷도 해 입혔다. 그렇게 만든 인형을 가지고 있다가 조카손녀들이 오면 선물로 주곤 했다.

어른이 된 지금도 인형을 만드는 일은 재밌지만 가지고 놀지는 않는다. 어려서 갖지 못한 '불란서 인형'을 이제야 갖게 되었으니 늦어도 너무 늦은 감이 있다.

그림 속 고향

양한정

내가 태어나던 해, 우리 할아버지는 가족들을 위해 자하문 밖 집안 소유의 동산에 아담한 별장을 지으시고 양한정(陽閒亭)이라 부르셨다.

북한산 백운대로 올라가는 등산길에서 작은 다리를 건너 직행하면 전나무들이 양옆에서 사열하듯 반겨주었다. 오른쪽에는 채소밭이 있었고 왼쪽으로는 감나무들이 무성했다. 정면의 노송 몇 그루 사이로 보이는 가파른 돌층계를 꼬불꼬불 올라가면 편편한 솔밭이 나오는데, 봄이면 돌층계 양쪽으로 노란 개나리가 피곤 했다. 그 솔밭에서 한숨 쉬고 약 100미터쯤 더 가면 일각대문(一角大門) 앞에 도달했다. 그 문 위에는 '양한정'이라 쓰인 현판이 걸려 있었다.

우리 가족들은 양한정에서 여름방학을 보내곤 했다. 능금이 한창 열릴 때면 어머니는 능금으로 잼을 만드셨고 우리는 나무에서 능금과 자두를 따 먹었다. 서울 집에서 할 수 없는 곤충 채집이나 식물 채집도 가능했다. 여름에는 새벽부터 새나 매미 우는 소리가 하도 시끄러워서 도저히 늦잠을 잘 수 없었고, 비가 올 때면 언덕 아래 골짜기에 있는 개울에서 맹꽁이 우는 소리가 양한정까지 들렸다.

양한정 주변에는 돌담이 네모나게 둘러져 있었고, 남쪽과 서쪽으로 두 개의 일각대문이 있었다. 안방과 건넌방 사이에 대청이 있었으며, 부엌은 건넌방 쪽으로 따로 있었다. 한가한 여름날 대청 문을 활짝 열어놓고 있노라면 벌이 휘황한 단청을 꽃으로 잘못 알고 날아 들어와 붕붕거리기도 했다.

안방과 돌담 사이 평지에는 여덟 개의 기둥이 받쳐주는 서까래가 있었다. 서까래 위로는 등나무가 올려져 지붕처럼 덮고 있었다. 봄에 등나무 꽃이 한창 필 때면 포도송이처럼 주렁주렁 늘어진 품이 장관이었고 그 향기가 온 동산에 진동했다. 볕이 따가운 여름날 등나무 아래 평상을 펴고 그 위에서 책도 보고 그림도 그리며 놀던 기억이 생생하다.

할아버지는 등의자에 앉아 신문을 읽곤 하셨다. 공해가 없던 시절이라서 밤이면 수많은 별들이 하늘을 덮었고 쏟아질 듯 가깝게 보였다. 마당에 돗자리를 깔고 누워 있으면 반딧불도 별을 흉내 내며 날아다녔다. 별을 바라보는 내 어린 가슴에 형언할 수 없는 낭만이 싹텄다.

제2차 세계대전이 막바지에 이르자 식량을 비롯한 모든 것이 배급제로 바뀌었으며, 아이들과 부인들을 지방으로 피난 보내라는 공고가 붙은 뒤 학교는 문을 닫았다. 집안 어른들은 우리 4남매(막내 여동생은 해방 후 출생)와 어머니를 양한정으로 피난 보내셨다. 서울에서 가깝기는 하나 당시는 교외(郊外)였고 배급받는 식품을 보내주기 쉽다는 점에서 결정된 일인 것 같다.

그래서 우리는 오랫동안 양한정에 머무르며 처음으로 겨울을 지냈다. 그곳의 겨울은 스산했고 여름처럼 즐겁지 않았다. 셰퍼드가 한 마리 있었는데, 우리가 그곳에서 지내는 동안 서울과 양한정 사이를 혼자 오갔다. 어떤 때는 아침에 서울 집 대문을 열면 그 개가 밖에서 기다리고 있었다고 한다.

양한정은 동산의 중간에 위치해 있었고, 우물은 언덕 아래 낮은 지대에 있었다. 물이 필요하면 우물까지 내려가서 지게로 길어와야만 했다. 전기가 없어 밤에는 촛불을 켰으며, 물론 전화도 없었다. 세수는 춥지 않은 날 개울에 내려가서 했는데, 개울로 가는 작은 오솔길 왼쪽으로는 건너편 산의 능선이 보이고 오른쪽으로는 언덕 위 배나무와 자두나무 과수원이 보였다. 땅은 왕모래였고 바위가 많아서 발이 미끄러지면 위험했다. 개울에는 묘하게 생긴 바위들 사이로 맑고 차가운 물이 흘렀다.

우리 일가친척들 중에는 양한정에 가보지 않은 사람이 드물다. 그리고 각자 양한정에 얽힌 아름다운 추억을 지니고 있다. 예술가가 된 삼촌과 여동생, 또 나의 작품 속에는 양한정이란 소재가 자주 등장한다. 나는 즐거웠던 어린 시절의 상징으로 일각대문을 쓰기도 한다.

양한정의 여름 Summer House
Linocut, 30.5×30.5cm, 1977

이후 우리 가족은 금싸라기 같은 양한정의 땅을 과수원지기에게 송두리째 빼앗겼다. 그러나 그가 우리에게 물질적 손실은 주었어도 아름다운 추억까지 앗아가지는 못했다. 미국으로 건너온 지 23년 만에 처음으로 고국에 개인전을 하러 갔을 때 평창동의 양한정 터를 돌아본 적이 있다.

할머니가 손을 흔드시던 '작별의 바위'는 그대로였다. 우리가 주말에 놀러 왔다가 일요일 저녁 집으로 돌아갈 때면 할머니는 동산의 경계선에 있는 그 바위에서 작별을 고하셨다. 우리는 닭장이 서 있던 오솔길

•
과거의 한 순간 A Moment in the Past
Oil on canvas, 102×76cm, 2007

모퉁이를 돌며 또 한 번 할머니께 손을 흔들고는 눈물을 닦으며 동산을 내려왔다.

작별의 바위에서 양한정의 남문인 일각대문까지 연결되어 있던 작은 오솔길은 우리가 수없이 뛰놀던 곳이다. 그 오솔길에 줄지어 서 있던 참나무들에는 풍뎅이가 가득 붙어서 왕왕거렸고 나는 겁이 나서 재빨리 뛰어가곤 했다. 그 많던 참나무들은 도시가 개발되면서 벌목이 되고 몇 그루만 남아 있었다. 풍뎅이는 하나도 보이지 않지만, 그래도 늘어난 나이테만큼 굵어진 이 나무들이 예전에 뛰놀던 나를 기억해 주었으면 싶었다.

쓸쓸하고 서글픈 마음으로 포장된 옛 오솔길을 걸어 내려오는데 차 한 대가 내 곁을 지나 언덕으로 올라갔다. 차 안에 있던 여인이 나를 수상하다는 눈초리로 쳐다보면서….

그곳에 사는 이들에게 나는 이방인이 되었고, 내게 남은 양한정의 추억은 그림이 되어 전시장에 걸렸다. 어쩌면 멀리서 마음의 본향을 그리워하는 쪽이 더 아름다울지도 모른다.

피난 시절 배움터

몇 해 전, 진명여고 동기들 몇이 '보수연'에 참석하기 위해 동부에서 원정을 온다기에 나도 처음으로 LA 진명 동창회에 참석하게 되었다. 진명 교가며 3·1운동을 기리는 노래 등을 부르며 옛일을 생각하지 않을 수 없었다. 피난 시절 부산의 임시 학교가 보수동에 있었고 거기서 진명여고의 전통인 보수연이 시작되었기 때문이다. 보수연은 스승님의 생신을 축하해 드리는 행사지만 학생들에게 예의범절을 가르치는 의미도 담고 있다.

우리 학년은 일제강점기 말 초등학교에 입학하여 3학년 초 해방이 된 관계로, 전시에 집에 가는 훈련과 폭격에 대비해 방공훈련을 받곤 했다. 1949년 9월 우리는 6년제 여중에 입학했는데 학제 변동으로 이듬해 봄 바로 2학년이 되었다. 가을 학기제에서 봄 학기제로 변한 것이다. 그때 우리 집은 사간동이라 옛 중앙청 동남쪽에 있었다. 동십자각을 지나 옛 중앙청 정문 앞을 거쳐 경복궁 담을 끼고 자핫골, 현 창성동에 있는 진명여중까지 걸어서 15분 거리였다. 2학년이 되고 바로 6·25 전쟁이 일어났다. 학생들은 각기 흩어져 피난을 갔고 부산에서 임시로 피난 학교가 열렸다. 부산 시외에 살던 나는 등교하려면 기차나 전차, 버스를 이용해야 했다. 시간도 오래 걸리고 중간에 갈아타야 해서 힘들었다.

아버지가 당시 미군 14야전 병원장으로 계셨기 때문에 처음 부산에 가서는 병원 천막촌에 살다가 양정동의 한 초가를 빌려 이사했던 것이다. 양정동 집 앞은 논이어서 청개구리들이 집으로 뛰어 들어오기 일쑤였다. 아침에 동래역에서 기차의 기적 소리가 울리면 나는 기차를 놓치지 않으려고 논두렁길을 힘껏 내달리곤 했다. 벼를 심고 수확하는 과정을 본 적이 없던 서울내기에게는 신기한 구경거리였다.

부산 보수동 창고 2층에서 수업하던 때의 일이다. 계단 위로 문을 닫으면 선생님의 강단이 되는데, 어느 날 수업이 끝나고 내가 계단 아래로 내려가려다가 발을 헛딛고 말았다. 1시간 내내 방바닥에 앉아 있느라 다리가 저렸기 때문이다.

계단 아래가 교무실로 쓰이던 공간인데 거기에 달린 커튼을 잡고 요란한 소리를 내며 떨어졌으니 선생님들이 놀라셨음은 말할 필요도 없다. 선생님들이 다치지 않았느냐고 물으셨다. 다행히 다치지는 않았으나 너무 부끄럽고 무안했다. 쥐구멍이라도 있으면 들어가고 싶을 지경

•
밤 행군 Night March
Oil on canvas, 63.5×91cm, 1981

이었다.

피난살이는 고생스러웠지만 부산에서는 경주가 멀지 않아 고 1 때는 경주로 수학여행도 가고 통도사에도 갔다. 그때 경주에서 듣고 배운 역사적 자료는 후에 한국미술사를 공부하는 데 크게 도움이 되었다. 여름방학이면 해양 훈련을 갔는데 해운대 근처 작은 어촌에서 천막을 치고 훈련을 받았다. 파도가 잔잔하고 수심이 깊지 않은 아늑한 해변이었다. 손풍금을 가지고 가서 조상현 음악 선생님의 지도로 〈바다로 가자〉와 같은 노래를 부르던 일은 아직도 내 가슴속에 즐겁고 아름다운 추억으로 남아 있다.

환도한 뒤, 각지로 흩어졌던 우리는 모교 본 교사에서 다시 만났고 약 1년 후 졸업을 했다. 우리 동기들은 중·고 합해서 6년 가운데 3년도 안 되는 세월을 모교 교사에서 공부했을 뿐이다. 비록 서울 자핫골 교사를 두고 부산 보수동 창고에서 공부를 했지만 전쟁 중에도 교육을 지속할 수 있었던 일은 다행이며, 작은 공간에서 서로 친하게 지냈다.

우리 세대는 모두들 가난했고 전쟁 중에 잔뼈가 굵었으니 복 받은 세대로 볼 수는 없으리라. 그러나 전시에 부산에서 피난 생활을 한 덕분에 지역적으로나 문화적으로 새로운 체험을 할 기회와 기쁨도 얻었다. 또 나이가 어렸기 때문에 집이나 학교가 좁아도 참을 만했다.

예전 추억을 떠올리다 보니 친구들이 생각난다. 부산에서 피난 학교에 다니던 어느 날 거리에서 중학교 1학년 때 동급생을 만났다. 그녀는 우리가 교복 차림으로 가방을 들고 학교에 다니는 것을 보고는 울상이 되었다. 그 후 그 친구를 학교에서 본 적은 없다. 또 다른 친구는 나와 단짝이던 문학소녀 K다. K는 아버지가 북으로 납치되시자 그 어린 몸으로 아버지를 찾는다며 홀로 북으로 갔다. 정말 아버지를 찾았는지는 아무도 모른다. 그 당시에는 가족이 공산당이라서 북으로 간 친구도 있다. 이것이 전시에 자란 우리의 환경 조건이었다.

그래서 화가가 되었다

나는 어려서부터 그림 그리기를 좋아했다. 또 색종이를 잘라서 수공(手工)을 하고 유치원에 들어가기 전부터 주머니에 수를 놓곤 했다. 유치원에서 그린 그림들이 6·25전쟁 전까지는 집에 있었으나 우리가 피난 간 사이에 누군가의 불쏘시개가 된 듯하다. 주변 어른들로부터 "저 애는 자라면 화가가 될 거야"라는 말씀을 듣고 자랐다.

아버지도 젊어서 유화를 그리신 적이 있고, 어머니는 서예에 재질을 보이셨다. 그러나 나는 어려서는 어머니가 서예를 하시는 줄도 몰랐다. 그 대신 나보다 일곱 살 위인 삼촌이 항상 그림을 그렸고 나를 데려다가 모델로 썼다. 덕분에 그림 그리는 과정을 보며 자라났나. 때로 삼촌이 방을 정리할 때면 도와주는 대가로 몽당 색연필이나 크레파스를 얻

피라미드 Pyramid
Softground, Etching, 46×61cm, 1986

어 가지곤 했다. 삼촌도 아직 어렸으므로 내가 삼촌한테서 예술에 대한 영향을 받았다고 할 수는 없어도 그 미술 행위에 자극은 받았으리라.

초등학교에 들어간 다음에는 방학 숙제로 그림일기를 그렸다. 방학 때 가족들과 함께 온양온천에 갔는데, 매일 온천물에 목욕을 하다 보니 자연 그림일기의 주제로 목욕이 등장했다. 사람이 물에 들어가면 광선의 굴절이 일어나 물속 몸은 물위 상체보다 작게 보인다. 그래서 나는 보이는 대로 그림을 그렸다.

그러자 작은 고모가 이렇게 말했다.

"왜 물속에 있는 사람의 몸을 이렇게 작게 그렸어? 다시 그려."

나는 실제로 그렇게 보인다고 말했지만 어른을 이길 도리가 없어서 물위나 물속의 몸을 같은 비례로 다시 그려야 했다. 그러나 나는 알고 있었다. 내 이론이 맞는다는 것을!

어쩌면 내 소신을 굽히고 싶지 않아서 화가가 됐는지도 모른다. "자라서 화가가 되겠다"고 결심한 시기는 초등학교 3~4학년 무렵이었다. 진명여중에 입학하고 미술부에 들어가려 했으나 1학년은 받아주지 않았다. 한 학기가 끝나고 학제 변동으로 2학년이 되었고 곧이어 6·25전쟁이 일어났다. 미술반도 더 기다려야 했다.

부산 피난 학교 시절에는 미술 수업조차 없었다. 나는 그림을 그리고 싶어도 무엇을 어떻게 그릴지 몰랐고, 미술 교육이 내 예상 외로 늦어졌기에 혼자 안타까웠다. 그러던 중 진명여고 2학년 때 서울대 미대 이순석 교수님이 강사로 오시면서 새로운 장이 열렸다. 선생님은 첫 시간 숙제로 직선만 이용한 현대 회화를 그려오라고 하셨는데, 다음 주 교실에 들어오시며 내 그림을 보고 반색을 하셨다. 그리고 "너는 꼭 미대에 오라"고 말씀하셨다.

서울 수복 이후에 모두들 가난했고, 혹 돈이 있어도 화구를 구할 수 없었다. 그때 마침 필리핀에 외교관으로 가게 된 고모 친구분이 계셔서, 아버지가 그분에게 부탁하여 유화 재료를 구해주셨다. 그 이후 나는 매주 토요일이면 국립박물관에 가서 또래 학생들과 함께 화가이신 정규 선생님께 그림을 배웠다.

대학 입학을 앞두고 우리 학생들 사이에서는 홍익대 미대에 가자는 말이 나왔지만, 아버지는 남녀공학에 딸을 보내고 싶어하지 않으셨다. 결국 나는 아버지의 권유로 이화여대 서양화과에 입학했다.

내가 성장하던 시기는 전시였고 나라도 경제적으로 빈곤한 때였으니 어찌 보면 미술을 공부한다는 자체가 사치였다. 아버지도 나에게 "대학을 졸업하고 나서 쓸모 있는 공부를 하라"고 말씀하셨다. 그러나 전시에 자란 내게도 미술가의 꿈이 있었고, 결국 꿈을 이루었다. 비록 미술인으로서 꿈은 이루었어도 성공했다고 말할 수는 없다. 그것은 내가 세상을 떠난 후 사람들이 판단할 일이다.

나의 결혼 이야기

나에게는 세 명의 남동생과 막내 여동생이 있다. 내가 대학 3학년 때 우리 부모님은 미국으로 건너가셨다. 아버지가 프린스턴 대학에서 열리는 세계인구학회에 참석하기 위해 먼저 떠나셨고, 당시에는 부부가 함께 해외에 나가는 일을 정부에서 허락하지 않아서 어머니는 좀 더 나중에 힘들게 떠나셨다. 나와 동생들을 할머니께 맡기고 3개월만 다녀오겠다고 떠나신 부모님은 끝내 안 오셨다.

나는 부모님 없이 대학을 졸업한 뒤 미국문화원(USIS)에 취직해서 3년을 근무했다. 그러는 사이에 혼기가 되었지만 결혼에는 별 뜻이 없었다. 직장의 동료 중에 산악회 회원들이 몇 있어서 주말이면 그들을 따라 등산을 즐겼다.

바로 아래 남동생이 자신도 미국으로 떠날 수속을 밟으면서 과년한

누이를 두고 떠나기가 괴로웠나 보다. 친구들과 못 마시는 술을 한 잔씩 마시며 얘기를 나누던 중 한 친구가 "나는 형이 있는데 술만 마신다"고 하자, 내 동생은 "누이가 있는데 시집도 안 가고 등산만 다닌다"고 했단다. 그러자 또 다른 친구가 "나는 너희 형도 알고 누이도 아는데 두 사람을 만나게 하면 문제가 해결될 것"이라고 말했단다.

그렇게 해서 양쪽 집안의 동생들이 형과 누이의 만남을 주선했다. 나와 남동생은 약속 시간에 맞춰 갔고, 그쪽은 동생만 나와서 하는 말이 집에서 막 나오려는데 누가 형을 찾아오는 바람에 이제야 오고 있단다. 나는 처음 만나는 날 늦는다는 게 우스워서, 다방에 들어서는 그를 보며 웃었다. 그는 약속 장소에 들어오는데 처음 보는 여자가 웃어서 당황했다고 한다. 내가 미국 기관에서 근무한다니 꽤나 요란하게 치장하지 않았을까 싶었는데 의외로 소박해 보였단다.

첫날은 네 사람이 함께 식사를 했다. 다음 2주간 서로 조심스러워서 뜸을 들이다가 동생들을 통해 쌍방이 다 좋은 인상을 받았다는 말을 전해 듣고는 당사자들끼리만 만났다. 처음 만난 사람들 사이에 아직 공통된 화제나 인물이 없어 어색했지만 그의 학구적인 태도에 호감이 갔다.

그렇게 한두 번 만나고 차츰 가까워지면서 가족에게 소개를 하게 되었다. 나는 부모님이 한국에 안 계셨으니 할머니의 승낙이면 되었고, 그쪽 부모님도 통과했다. 그는 내게 청혼도 한 적 없이 어른들 사이에서 모든 일이 진행되었다. 우리가 처음 만난 것은 9월이었는데, 6개월

•

화병이 있는 정물 Still Life with Vase

Oil on canvas, 33×24cm, 1963

만에 약혼하고 9개월째에 결혼했다. 나는 고아처럼 부모님 없이 결혼까지 한 것이다.

미국에 계시던 부모님은 아버지가 세계보건기구(WHO) 직원으로 채용되어 근무지인 아프리카로 옮겨가신 상태였다. 결혼식 날 할머니가 부모 없이 결혼하는 나를 생각하시며 너무 힘들어하셨기에 나도 눈물이 날 뻔했지만 행복한 날이라 울지 않으려 이를 악물었다. 우리 부부가 신혼여행에서 돌아온 다음날 어린 동생들도 부모님이 계신 나이지리아로 떠나고, 서울에는 나와 할머니만 남았다.

돌아보면 내가 왜 그렇게 급히 결혼했나 싶기도 하다. 부모님이 부재중이신 집안에, 물론 할머니가 보호자로 계셨지만 동생들이 내게 기대고 있으니 어깨도 무겁고 외로움을 느껴서 그때 만난 사람에게 쉽게 빠져들었던 것은 아닌지.

남편도 맏아들이고 나도 맏딸이지만, 그는 어려서 아팠던 까닭에 부모님의 지극한 보살핌으로 과잉보호를 받고 자라났다. 내 눈에도 생활력 있는 사람으로 보이진 않았으나 '힘들면 내가 벌면 되지' 하는 생각이 들었다. 그는 곱게 자란 사람이었고, 나만을 위해줄 위인이기보다 동등한 위치에서 서로 기대며 살아갈 상대였던 것이다.

남편과 나는 동갑이었다. 우리가 처음 만났을 때 나는 이미 대학을 나와서 직장에 다녔으나 그는 군대에 가고 아파서 학년도 뒤지다 보니 아직 대학도 끝내지 못한 상황이었다. 남편은 나와 약혼하기 전 한국일보사 견습생 시험에 수석으로 합격했으며, 1년 반 동안 근무하고 나

•

시카고 화원의 연꽃

Botanical Garden Chicago

Oil on canvas, 76×102cm, 2006

SoonJ Hwang

서 미국으로 공부하러 떠났다.

남편이 미국으로 떠나던 날 마침 시부모님도 일본으로 여행을 가시게 되어 새 며느리인 나는 시댁을 지켜야 했다. 그래서 남편과 동행하지 못하고 한 달 반 후에 모국을 떠났다. 그때는 여생을 미국에서 살게 될 줄은 몰랐다.

그리운 가족 품으로

아프리카에 근무하시던 아버지가 미국 워싱턴DC로 발령을 받으시면서 드디어 친정 가족이 모두 한데 모이게 되었다. 1963년 여름, 나도 결혼한 지 1년 되던 무렵에 합류할 수 있었다. 외국 여행이 힘들던 시기여서 유학차 한국을 출발하면 언제 다시 올지 모르는 형편이었다. 김포에서 비행기를 타면서 할머니와 잠시 헤어지는 것은 괴로웠으나 온 가족이 워싱턴에서 나를 기다린다는 생각에 고국을 떠나는 일이 그리 서글프지는 않았다.

비행기 내 옆자리에는 비슷한 연배의 여성이 앉았다. 그녀는 시카고까지 간다고 해서 우리는 같은 비행기를 타고 시애틀까지 함께 갔다. 일본 하네다 공항에 내리기 전 비행기에서 이미 식사를 제공했는데, 2시간 기다리는 동안 먹으라며 식권을 또 나눠주었다. 우리는 식사

대신 아이스크림만 하나씩 먹고 공항 안을 돌았다. 한쪽에서 일본 사람들이 많이 모여 만세를 부르고 있었다. 지나가던 일본인 부인이 나에게 저기서 무슨 일이 있느냐 물었다. 일생에 처음으로, 그것도 불과 30분 전에 일본 공항에 내린 내 입에서 나온 말은 "아이 돈 노(I don't know)"였다. 그 정도 일본어는 알아듣긴 했지만 답이 일본어로 나오진 않았다.

그때가 7월 중순이라 한국도 더웠고 워싱턴도 덥다고 했으니 가는 동안에 추울 것이란 생각은 전혀 못 했다. 지금같이 제트기로 장거리를 날 수 없던 시기여서 나는 일본에 한 번 내리고, 앵커리지와 시애틀에서 비행기를 갈아타야 했다. 당시 앵커리지 공항은 시골 역도 못 되는 정도로, 자판기와 화장실이 있는 게 전부였다. 밍크코트 입은 승객도 있을 만큼 추웠지만 나에게는 추위에 대비한 옷이 전혀 없었다. 내가 입은 여름용 면 드레스는 도움이 되지 않았다. 그 동네에 사는 아홉 살쯤 된 여자아이가 말을 걸어왔다. "어디서 왔느냐?"고 묻길래 "코리아"라고 답했더니, "어떤 도시냐?"고 되물으며 자기 엄마는 스물여섯 살이라고 했다.

그 당시 삼촌이 캘리포니아 주 몬테레이에 거주하고 계셔서 이틀간 그곳에 들렀다. 미국에서 처음 방문한 지역이 몬테레이여서 '아! 미국은 참 아름다운 나라구나'라고 생각했다. 알고 보니 몬테레이는 미국 안에서도 유명한 명승지였다. 삼촌과 헤어져서 LA를 거쳐 동부로 날아갔다.

•

가을의 숲 Fall in the Woods
Oil on canvas, 127×96.5cm, 1979

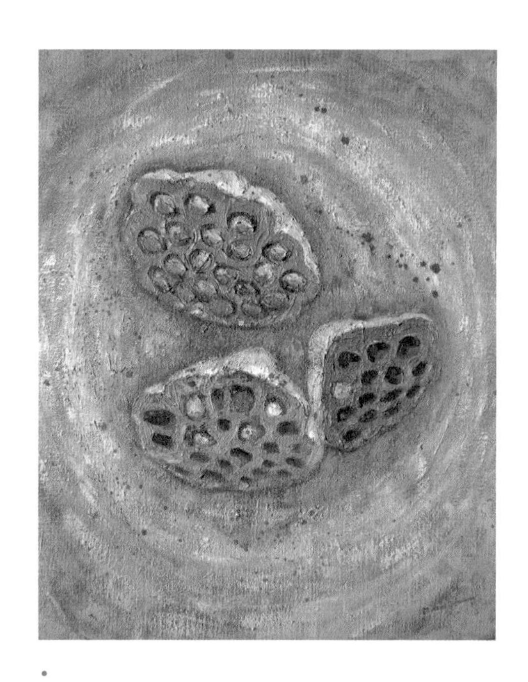

•
연밥 둥지 Lotus Seeds in a Nest
Oil on canvas, 61×46cm, 1977

볼티모어워싱턴 국제공항(1960년대에는 '프렌드십 국제공항'이라고 부름)에 내리니, 친정 가족들과 남편이 기다리고 있었다. 처음 가보는 워싱턴이지만 내게는 온 가족이 있어서 그런지 편안하게 느껴졌다. 사실 워싱턴은 몬테레이처럼 아름다운 도시는 아니었다.

한국에서 출국할 때 100달러 이상은 갖고 나가지 못하는 규정이 있었고, 1960년대에 100달러면 거금이었다. 내가 처음 미국 친성에 갔을 때는 아직 아프리카에서 짐이 도착하지 않은 상태여서 가족들이 임시

셋집에 살고 있었다. 그러다가 친정집은 워싱턴DC 근교에 새집을 사서 이사했다.

우리 부부는 친정집이 이사하기 전 시내에 원룸 아파트를 구해서 독립했다. 당시 아파트의 월세가 125달러였다. 그때부터 고생은 시작되었다. 남편은 학교를 다니기 시작했고, 남편의 학비는 시댁에서 보내주셨으나 생활비는 내가 벌어서 써야 했다. 물론 나도 공부를 하고 싶었지만 그럴 형편이 못 되어 직장을 구했다.

미국 내 직장 경험이 없다고 잘 받아주지 않다가 겨우 한 회사에서 나를 임시 직원으로 채용해 주었다. 일하는 것을 봐서 정식 직원으로 채용하겠다는 조건이었다. 첫 직장은 우리 아파트에서 몇 블록만 걸어가면 되는 거리였고 가다 보면 백악관도 보였다. 워싱턴은 피에르 샤를 랑팡이라는 프랑스인 건축가가 설계한 도시다. 프랑스 파리처럼 방사형으로 도시 계획을 하여 여기저기 서클이 있고, 서클마다 동상이 세워져 있어 고풍스러우나 길을 찾아다니기는 어렵다.

우리 아파트는 아버지 사무실이 있는 곳에서 한 블록 떨어져 있었는데, 아버지는 매일 우리 아파트 건물 뒤편 주차장에 주차를 하셨다. 그래서 친정에 가고 싶으면 아버지 퇴근 시간에 맞춰 주차장으로 가면 되었다.

내가 첫 직장에서 받은 주급은 85달러였다. 월 340달러에서 세금 빼고 아파트 월세를 제하면 겨우 식비가 남았다. 나음해에 한 블록 더 외곽으로 집을 옮겼더니 월세가 110달러로 줄어들어 조금 숨통이 트였다.

생활 전선에 뛰어들다

나는 한국에서 미국문화원 출판과에 근무했던 경험과 연관된 직업을 찾았다. 첫 직장 잰즈(Jands Inc.)는 유대인이 경영하는 작은 회사로, 그래픽아트를 전문으로 취급했다. 당시 워싱턴에는 이곳처럼 정부에서 도급을 맡아 아트 관련 일을 하는 회사들이 200군데나 있다고 했다.

나는 영어가 능숙하진 않아도 소통이 가능했기 때문에 바로 일을 배웠다. 어느 날 무슨 일을 받아올지 몰라서 수시로 다른 종류의 작업을 하려면 정신을 바짝 차려야 했다. 서울에서는 써본 일이 없는 도구며 기계 작동법도 익혔다. 급한 일이 들어오면 하던 일을 제쳐놓고 새 일에 매달려야 했다.

그 회사에 여러 가지 일을 전문으로 하는 사람은 많았지만 나처럼 회화를 전공한 화가 출신은 없었다. 어느 큰 기관에서 일이 들어와 내가 파견되었는데 신원 조회가 필요했다. 나는 미국 시민권도 없는 처지라 여권을 들고 갔다. 엄청난 기계를 그리기 위해 견학을 간 것이다. 청사진을 보내오면 그것을 큰 판에 3차원 형식으로 그리는 일이었다. 나는 작은 키로 그 무거운 판을 올리고 내리느라 힘이 들었지만 다행히 고객이 결과물에 만족했다.

가끔 사장이 우리 부서에 오면 나를 가리키며 이렇게 말하곤 했다.

"저 친구는 월급을 주지 말아야 해. 너무 재미를 보거든."

실제로 그 회사에 들어오는 제일 재미있는 일은 내가 도맡아 했다. 몇 해를 그 회사에서 근무하며 거의 만물박사가 되었고 할 줄 아는 게 많아졌다. 그 후 몇 해가 지나고 주말에는 한글학교에서 학생들을 가르쳤다.

두 번째 직장은 자이언트푸드(Giant Food Inc.)라는 대형 식료품 체인으로, 이번에는 상업 그림을 그리게 되었다. 자이언트푸드는 작은 구멍가게로 시작해서 미 동부 지역으로 엄청나게 퍼져나가던 중이었다. 당시 자이언트 슈퍼마켓에서는 일반 용품도 취급했지만 식품이 주류를 이루었다. 언제나 눈 똑바로 뜨고 긴장한 채 일하던 첫 직장에 비해 일은 너무 쉽고 재미도 없었다.

워싱턴에서 메릴랜드 주 볼티모어로 이사한 다음, 세 번째로 호셜 백화점 체인(Hochschild Kohn & Co.) 광고부에 취직했다. 미술 전공자들과 카피라이터 등 창의적인 사람들이 모여 있다 보니 재미있는 일이 자주

•
새벽 사냥 Morning Hunting
새벽 사냥 2 Morning Hunting 2
Collagraph, 46×30.5cm, 2004

일어나곤 했다. 그 회사는 볼티모어 시내 한복판에 있던 큰 백화점으로 의류, 가구를 비롯하여 많은 품목을 취급했으며, 신문 광고 등에 그림이 고급스럽게 잘 나가야 했다. 나는 주로 가구를 담당했다. 그런 회사에서는 바이어가 높은 위치에 있는데, 바이어로부터 "어제 신문 광고의 침구 세트 그림이 좋아서 많이 팔렸다"는 말을 듣기도 했다. 그 당시 나는 제도펜으로 상품을 그렸다.

•
밤 사냥 Night Hunting
Collagraph, 46×30.5cm, 2004

오랜 시간이 흐르고 나서 학교로 다시 돌아갔을 때 한 교수가 하던 말이 귀에 따갑다.

"순수 미술에서 벗어나 상업 미술에 발을 들인 사람치고 출세한 이를 본 적이 없다."

나도 순수 미술에만 종사할 형편이면 좋았겠지만 누구에게나 다 안이한 조건이 주어지는 것은 아니다. 사람들은 내가 그린 상업 도안에서 순수 회화의 느낌이 전해진다고 말했다. 또 내 판화에서 그래픽 요소가 보인다는 이도 있었다.

이렇듯 한 사람이 어떤 경로로 살아가건 그 흔적은 사라지지 않고 그림자처럼 따라다니는 것이다.

사 발 농 사

내가 처음 일하던 회사가 워싱턴에서 메릴랜드 주로 옮겨감에 따라 우리도 시내를 벗어나자 차가 필요했다. 그러는 동안 남편은 학교에 다니면서 스테레오를 사려고 카탈로그를 뒤지고 있었다. 내 수입이 조금 오른 만큼 남편의 씀씀이도 커졌다. 최신형 스피커에 좋다는 스테레오 시스템을 골라 주문하는 식이었다. 남편은 학교에 다니는 동안 한 푼도 벌지 않았고 나는 시간 외 수입도 올릴 겸 일을 많이 했다.

처음 우리 부부가 워싱턴에 나타났을 때 남편의 고교 동창 중 결혼한 커플은 우리뿐이었다. 주말이면 남편의 친구들이 우리 집에 모여서 놀았고, 차를 가진 친구가 장 보는 일을 도와주곤 했다. 아직 살림 솜씨도 빈약하고 조리도 잘 못했지만 그런대로 재미있게 지냈다. 근처의

•

아서와 흔들의자 Arthur on Rocker

Oil on canvas, 76×61cm, 1971

다른 유학생들도 사정은 마찬가지여서 고물 차를 몰고 다니거나 돈을 버는 사람도 있었다. 없는 대로 이 집 저 집에 모여 파티도 하며 힘든 줄 몰랐다.

남편이 학위를 받을 즈음 나도 더 나이를 먹기 전에 아이를 낳기로 했다. 남편도 졸업하고 직장을 구했으나 초봉이 낮았다. 드디어 아들을 낳았을 때 내가 2개월간 쉬다 보니 남편 혼자 수입으로는 아기 우유를 살 돈도 충분치 않았다. 우리는 정말 빠듯하게 살았지만 아프지도 않고 잘 견뎠다. 어떤 부부는 돈을 모아 집을 사려고 밥과 간장만 먹으며 저축하다가 중병에 걸렸다는 얘기도 들렸다.

조금 형편이 나은 사람도 있었으나 다들 대동소이했다. 당시에는 한국에서 수입한 음식이 귀해서, 한국식 식생활을 하려면 돈이 훨씬 더 든다고 했다. 큼직한 등심 스테이크 하나와 명란젓 두 쪽의 값이 같았다면 알 만하다.

국제전화는 지금처럼 직접 거는 게 아니라 라디오로 통화하는 방식이었다. 미리 전화국에 국제 통화 신청을 하고 연결을 기다려야 했는데, 연결이 되어도 주파수가 고르지 않거나 바람이 많이 불 때는 잘 들리지 않았다. 국제 통화료는 고작 3분에 20달러나 되었다. 조기 유학 온 어떤 10대는 가족이 그리워 집에 전화를 하는데 선이 연결되자 "엄마!" 한마디 부르고는 "앙~" 울다가 3분을 써버렸다고 한다.

이런 가운데 나는 어린 아들을 친정어머니께 맡기고 다시 직장에 나갔다. 아기가 너무 예민해서 15분간 차를 타고 집에 돌아오면 밤에 잠을 못 자는 바람에, 1주일간 어머니께 맡기고 주말에만 집에 데려왔다. 약 3개월 후 아기가 적응이 되어 매일 집에 데려왔는데, 데리러 가는 시간이 딱 부모님 저녁 식사 시간이었다. 친정에서 '사발농사'를 자주 짓게 되니 죄송스러웠다. 아버지는 "미안해하지 말라"고 말씀해 주셨고 우리는 거의 매일 저녁을 친정에서 먹었다.

언제나 편한 날이 올까 기다려도 세월만 가고 그 수렁에서 헤어나기 힘들었다. 직장의 미국인 동년배들을 보면 나처럼 미국에 와서 적응하는 시간이 필요 없다 보니 나보다 몇 해는 앞당겨 집도 사고 편안히 지냈다. 물론 언어에서도 그들을 따를 수 없었다. 다만 한 가지, 일에서만큼은 그들이 나를 따르지 못했다.

거 기
떡 집 이 에 요 ?

1960년대 초반 워싱턴DC에 있던 한국대사관 직원과 가족들 내지 유학생들을 합치면 500명 정도였다. 이 정도로도 한국인이 많다고들 말했고, 길에서 한국인을 만나면 반갑다고 인사를 나눴다.

한국대사관에서 8·15 경축 기념행사를 하는 날이면 한인 동포 누구나 초청되었으며, 연말에 학생회 주최로 파티가 열리면 유학생들 모두 참석했다. 여름과 가을 사이에는 한인회 주최로 공원에서 피크닉이 열렸다. 그렇게 해서 워싱턴에 사는 사람들끼리는 대개 누가 누구인지를 알았다. 한인 동포라는 자부심도 있었다.

동포들이 대부분 고학력자들이다 보니 한인이 운영하는 식품점도 없어서 우리는 일본인이 운영하는 식품점에서 장을 보곤 했다. 수입

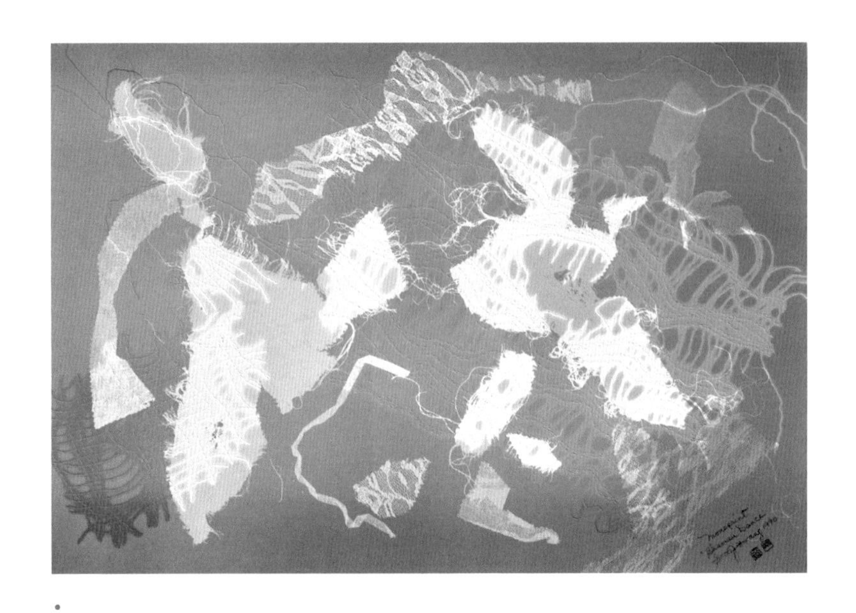

•
무당 춤 Shaman Dance
Monoprint, 56×76cm, 1990

식품은 일반 식품보다 비쌌다. 1970년대 초만 해도 그 흔한 라면조차 없었다. 유학생들이 먹은 스파게티 가락을 늘어놓으면 태평양을 건너간다고 하소연하던 시절이다.

그 당시에는 한인 가정에서 아이들 돌날에도 떡을 살 수 없어 케이크로 대신했지만 우리 집에서는 솜씨 좋으신 친정어머니가 설이나 아이들 생일이면 꼭 떡을 만드시곤 했다. 우리 아들 돌날에는 예쁜 무지개떡을 비롯하여 각종 떡을 만들어주셨고, 아예 돌잔치도 친정에서 했다.

아버지는 어머니의 요청에 따라, 집에서 소시지 만들 때 쓰던 기구들

뒤편 Back Side
Watercolor/Weaving, 56×76cm, 1991

을 이용해 흰떡 뽑는 기계를 조립해 주셨다. 고기 갈 때 쓰는 기구에 모터를 연결시키고 소시지 만드는 튜브를 달았다. 그 기구 안에 곱게 간 쌀을 쪄서 넣고 방망이로 누르면 모터가 돌아가면서 이겨진 쌀이 튜브를 지나며 가래떡이 되어 길게 내려왔다. 어머니는 재빠르게 가래떡을 자르셨고 같은 방법으로 절편도 만드셨다. 부모님의 기술과 솜씨 덕분에 우리는 재미있는 구경도 하고 잘 먹기도 했다. 아들은 아직도 어려서 본 떡 기계가 너무 신기했다고 말한다.

또 조카들은 생일마다 할머니, 즉 우리 어머니가 각종 떡을 준비해

주셨기 때문에 미국에서 자라면서도 한국식 입맛에 길들여졌다. 남동생네가 위스컨신 주로 이사를 간 후에도 그 아들이 느닷없이 떡을 달라고 해서, 남동생네는 기회 있을 때마다 어머니께 떡을 받아서 저장해 놓았다가 꺼내주었다고 한다. 당시 워싱턴 시내에서 흰떡을 기계로 뽑아 먹는 가정은 우리뿐이었을 것 같다.

때로 우리들 친구 자녀가 돌을 맞게 되었다고 말씀드리면 어머니는 무지개떡을 만들어주시곤 했다. 이것이 돌잔치에 왔던 젊은 엄마들에게 입소문이 퍼지면서 하루는 집에 전화가 걸려왔다.

"거기 떡집이에요?"

어떤 성미 급한 여성이 이렇게 불쑥 말했다. 아뿔싸! 그 전화를 아버지가 받으셨다. 아버지는 어머니께 왜 쓸데없는 짓을 해서 '떡집' 소리를 듣게 했느냐며 화를 내셨고, 그 이후로 어머니는 집안 식구가 아닌 사람에게는 떡을 만들어주지 않으셨다.

세월이 흘러 우리가 살던 워싱턴에 대형 한국 마트들이 자리 잡은 지 오래고, 미시간에 사는 동안에도 근처에 한국 마트가 여러 군데 있어 편리했다. 그런데 막상 미국에서 한인 수가 가장 많다는 캘리포니아 남부로 이주해 와서는 오히려 한국 상점의 혜택을 받지 못했다. 우리가 캘리포니아에서 처음 이사한 테메큘라는 한적한 소도시로, 10여 년 후 붐비는 도시가 되긴 했으나 여전히 한국 대형 마트는 생기지 않았다. 인근 도시에 소형 한인 상점이 하나 있지만 거리가 멀어서, 우리는 주로 동남아 사람들이 운영하는 가게에서 물품을 구입하곤 했다.

돌이켜보면 "거기 떡집이에요?" 이 한마디가 아버지의 심리를 자극했고, 남에게 좋은 일 하던 어머니는 덕분에 꾸중을 들으셨다. 그때와 비교하여 지금처럼 미국에서 한국 물품을 편하게 구입할 수 있게 된 점은 큰 변화가 아닐 수 없다. LA에서는 영어를 쓰지 않고도 살 수 있다고들 말한다. 대형 한국 마트에 가면 여기가 정말 미국인지 의심스러울 정도다. 그래도 보신탕까지 만든다는 소문은 좀 과장된 것이겠지만.

자 수 박 물 관

옛날을 부채질하던

넓은 유지(油紙) 부채의 채색들

할머니 반짇고리 속에

꽁꽁 숨어서

고향 찾아 헤매는 안개 낀 눈으로

이미 퇴색해 버린

유년의 추억을 부른다

분명치 않은 약속 더듬어

헤매던 나그네의 길목에

밀려온 생소한 발길에도

다락에 걸린 채로

먼지를 쓰고 있던 갓들의

빈 상자 속에도

외로움만 담겨져 있다

진보(進步)라는 이름의 물결 속에

출렁이는 서글픔을

빨강 노랑 파랑

고향이라는 조각보에 싸서

한 올 한 올 꿰맨 손길과 함께

유지 무늬 장롱 속에

깊이 간직하려

연륜에 시달린 무쇠 자물쇠로 잠근다

을지로3가 자수박물관은

관객을 울렸다

•

지난 여름날 1 Old Summer's Day 1

Collagraph on monoprint, 48×63.5cm, 1993

Chapter 2

김치 외교

처음 보는 김치를 겁 없이 맛보는 사람이라면
누구나 내 친구가 될 가능성이 높다.
편견이 없고 허심탄회하며 여유로운 성격의 소유자이기 때문이다.

편집자 주 | 2장의 일부는 저자가 미국 한인 신문에 발표했던 칼럼이다.

입 양 아 와 건 빵

《한국일보 시카고》, 1989년 3월

남편의 전근으로, 20여 년간 살던 워싱턴 지역을 떠나 미시간 주로 이사했다. 친정 부모님과 형제들을 뒤로하고 이사를 오니 물설고 낯설어 무척이나 우울했다.

어느 날 한국 식품점에 갔을 때 미국 가정에 갓 입양된 여섯 살 한인 남자아이와 그 양어머니를 만나게 되었다. 아이가 한국에서 입양 온 지 이틀째인데 한국말만 들으면 운다고 했다. 여섯 살짜리 꼬마의 착잡한 표정을 보니 말 못 할 사정이 있는 듯했다. 양어머니는 아이가 좋아하는 것을 사주려고 한국 식품점에 데려왔단다.

그녀는 마침 장을 보고 있던 내게 통역을 부탁했다. 내가 아이에게

•
병아리와 어미 닭 Hen and Chicks
Monoprint/Weaving, 48×63.5cm, 2005

무엇이든 사고 싶은 것이나 먹고 싶은 게 있으면 말하라고 했더니, 아이는 건빵 한 봉지를 집었다. 맛있고 달콤한 과자를 제치고 건빵을 집은 게 인상적이었다. 또 한국 책을 사고 싶다고 말했으나 식품점에 책은 없었다. 그 얘기를 들은 양어머니는 이 아이가 글을 읽을 줄 아느냐며 반색했다. 그들 모자와 잠시 시간을 보내고 나니 우울해하던 나 자신이 너무 부끄러워졌고, 나는 그 소년의 앞길에 행운이 있기를 빌었다.

나는 미시간으로 이사 오기 전에 한국에 가서 개인전도 하고 모교 이화여대의 100주년 기념행사에도 참석했다. 돌아오는 비행기에는 한국에서 미시간으로 입양되는 아기들이 타고 있었다. 두 남성이 여덟 명이나 되는 갓난아기들을 돌보느라 진땀을 빼면서 승객들의 도움을

녹색 들판 Green Field
Monoprint/Weaving, 48×65cm, 2012

기다리는 눈치였다. 나도 다른 승객들과 같이 한 아기를 품에 안고 중얼거렸다.

"아가야, 고운 한국의 아가야! 양부모에게 무한한 기쁨을 안겨드리렴. 장차 사회에 이바지하는 훌륭한 사람이 되고 행복하기를 빈다."

행운을 빌어주면서도 마음 한구석에서는 '참 불쌍하다'는 생각을 버릴 수 없었다. 입양아들 중에는 예쁘게 생긴 여자 쌍둥이가 있었는데, 딸이 없는 나는 그중 한 아기를 집에 데려오고 싶은 마음이 굴뚝같았다. 무엇을 분별하기에는 너무나 어린 아기들이지만, 몇 년 후 이들은 무엇을 생각하게 될 것이며 과연 모두 행복할 수 있을까?

우리가 새로 이사 온 곳의 뒷집에도 한국에서 입양된 킴벌리라는 여자아이가 양부모의 사랑을 독차지하며 살고 있었다. 여섯 살에 한국을 떠나 입양된 지 1년 반이 되었다는데 한국말을 잊지 않고 제법 잘했다. 킴벌리는 구김살 없이 밝고 총명했다. 나는 한국인들의 행사에도 그 아이를 데려갔으며, 좋아하는 떡도 해주고 필요할 때 돌봐주는 등 친하게 지냈다.

처음에는 양부모들이 어떻게 생각할지, 또는 킴벌리가 한국 사람들에 대해 어떻게 생각할지 몰라 각별히 조심했다. 그러나 우리가 킴벌리를 아끼고 사랑하듯 킴벌리도 우리 가족을 일가처럼 따르며 좋아했다. 나라는 존재는 이웃 아주머니에 불과하지만 그 아이에게 한국적인 것을 연결해 주려고 노력했다.

때로는 한국 엄마로서의 본능이 작용하여 밖에서 뛰노는 킴벌리의 모습을 지켜보았다. 디트로이트 세종학교에서 가르치게 되면서 토요일 아침에는 킴벌리를 학교까지 차도 태워주고 그 동급생인 입양아들이 내 시간에 그림을 배우곤 했다.

언젠가 세종학교 미술 시간에 학생들에게 '가보고 싶은 곳'이라는 제목으로 그림을 그리게 했다. 한국 부모 슬하에서 자라는 아이들은 각자 나름대로 가고 싶은 곳이 달랐다. 그런데 입양아들은 하나같이 태극기와 한국 집을 그리는 게 아닌가. 나는 한국에 대한 뼈아픈 동경과 그리움이 그들 마음속에 한으로 남아 있음을 목격하고, 눈물을 참느라 애써야 했다.

디트로이트 한국 입양가족 단체에서는 매년 여름 피크닉을 간다. 양

부모들은 열성과 사랑이 지극하여 아이들에게 한국말을 가르치기 위해 매주 토요일 세종학교에 데리고 온다. 이들 중 어떤 아이는 김치를 사탕처럼 좋아한다고 했다. 생후 8개월에 입양되었다니 한국에서부터 김치 맛을 들였을 리는 없고 오히려 양부모들이 김치를 사다가 아이에게 먹여왔거나 심리적인 연관성이 있지 않나 싶다. 6·25전쟁 고아들을 외국에 입양시키기 시작한 지 40년 가까이 된 지금까지도 한국 고아들이 이처럼 미국 가정에 입양되고 있는 현실은 어떤 이유로든 이해가 되지 않는다.

한강변에 경제 기적을 이루었다고 세계가 한국을 주시하고 있는데 한국의 부유층이나 정부는 빈민이나 고아들에게 관심조차 없는 것일까? 유교 사상이 뿌리 깊은 한국에서 남의 눈을 피하기 위해 미혼 여성의 아기들이 버려지고 있는 것이라면 이는 눈 가리고 아웅 식이다. 일본은 고아들의 외국 입양을 절대 금하고 있는데 한국도 정부 차원에서 이 문제를 다룰 필요가 있다고 느낀다.

나는 미국에 입양된 한국 어린이들을 대할 기회는 있었으나 이미 성장한 입양아들을 만날 기회는 거의 없었다. 그런데 어느 날 남편 사무실에서 일하는 미국인 청년이 자기 여자 친구가 한국 입양아라며 도움을 청해 왔다. 한국 측에 서류를 보내서 여자 친구의 친부모를 찾으려는데, 그녀가 가지고 있는 서류를 번역해 달라는 것이었다.

한때 한국 TV에서 해외 입양아 부모 찾기 프로그램을 본 적은 있지만 내가 직접 관여한 것은 처음이다. 물론 기꺼이 도와주었으나 그 후

부모를 찾았는지에 관한 소식은 듣지 못했다. 소외되고 비참한 입양아들이 백일하에 공개되지는 않았지만 그런 경우도 생각보다 많다는 말을 들었다.

해외 입양이란 어찌 보면 우리의 노고 없이 남의 힘을 빌리겠다는 얘기 아닌가. 외국에 입양된 한국 아이들이 좋은 교육을 받고 잘 커서 세계 무대에서 활약할 수 있다면 다행이지만, 입양아들을 따라다니는 어두운 그림자는 누가 어떻게 지워주겠는가. 입양아 각 개인의 앞길에 행복과 번영을 보장해 줄 수는 없는 것이다.

봉 선 화

향 수

《한국일보 시카고》, 1989년 9월

어린 시절 내 또래 소녀들은 봉선화를 사랑했다. 우리 집 마당에는 할머니가 애지중지하시던 파초를 비롯하여 석류, 유도화, 치자, 대추 등 여러 가지 나무와 화초가 여름 화단을 장식했다. 그중에 봉선화는 내가 가장 아끼고 정성을 들이던 꽃이다.

봉선화는 꽃이 유난히 예쁜 것도 아니지만 손톱에 꽃물을 들일 수 있는 매니큐어 기능 때문에 모든 소녀들로부터 사랑을 받았다. TV도 없던 그 시절 어린이들은 지금은 당연하게 느껴지는 책이나 장난감을 가질 수 없었으며, 생활은 단순하고 소박했다. 그래서인지 나는 어려서부터 꽃씨를 받아 겨울 동안 잘 간직했다가 봄이면 정원에 씨를 뿌리

•

(왼쪽 위 시계 방향으로)

절망 Despair

Silk intaglio, 62×44.5cm, 1995

명상 Meditation

Stone lithograph embossing, 35.5×25cm, 1986

파고다와 스투파 Pagoda & Stupa

Silk intaglio/Weaving, 60×44.5cm, 2000

기다림 Awaits

Stone lithograph embossing, 35.5×25cm, 1986

고 매일같이 싹트기를 기다리곤 했다. 드디어 싹이 나고 한 뼘 정도 자라면 비 오는 날 친구들과 모종을 교환하기에 바빴다.

두어 달 전 나는 한국에 다녀올 기회가 있었다. 현재 한국의 중산층 사이에서는 '아파트 생활'이 대유행이어서 일반 주택은 시세가 없다고 들었다. 아파트에서 자라난 어린이들은 참새가 어떻게 생겼는지 모르는 경우도 많다고 한다. 반면 우리 세대는 많은 새들이 집 뜰에 내려와 놀던 모습을 지켜보며 자랐다.

강남에 화실을 둔 어느 미술교사는 요즘 어린이들의 생각에 주목했다. 그곳 어린이들에게 '집'이란 개념은 높은 건물에 창이 많이 달린 것이고, '나무'라고 하면 가지가 자라지 못하도록 절단된 형태를 떠올린다고 했다. 아파트 세대의 아이들은 자신과 친구들 모두 고층 건물에 살고 있으므로 그 생활을 당연히 여기는 것이다. 그런 가정도 집집마다 화분을 가지고 있기는 하나, 봉선화를 심을 작은 마당도 없거니와 그런 화초는 이미 아이들의 관심사가 아니다.

우리는 워싱턴DC 근교 메릴랜드 주에 사는 동안 한쪽 잔디를 떠내고 작은 밭을 만들었다. 새로 흙을 사다 덮어 채소를 심어보려고 했으나 흙 속에는 봉선화 씨가 섞여와서 봉선화 밭으로 변해버렸고 비옥한 흙에서 가지각색의 봉선화가 잘도 퍼졌다. 이듬해 봄에는 그 작은 밭이 봉선화로 콩나물시루를 이루고 말았다. 마치 포화 상태를 이루고 있는 서울의 거리인 양, 또는 솟아오르는 강남의 아파트 건물인 양.

〈봉선화〉는 일제강점기 약소 국민의 비애를 꽃으로 비유한 작품으

나비와 자연 Butterfly & Nature
Monoprint/Weaving, 66×48cm, 1997

로, 우리 국민들이 즐겨 부르던 노래이자 해방 후 내가 배운 첫 한국 노래이기도 하다. 어느 민족이고 다른 대륙으로 이민을 갈 때면 그들의 보따리 속에는 많은 문화유산이 섞이게 마련이다. 오래전 미국에 건너온 아일랜드 이민자들 중에는 자기 고향에서 가져온 '퀸앤레이스'라는 잡초의 씨를 집 부근에 뿌려 놓고 마치 고향에 온 듯 위안을 받은 이들도 있었다. 세월이 지나 그것은 북미 대륙의 원종(原種)인 양 동서로 퍼져버렸다. 잡초가 무성한 곳이면 어디든 우뚝 솟아 있는 레이스 형태의 흰 꽃이 바로 퀸앤레이스다.

워싱턴DC의 어느 집에 봉선화 꽃이 흐드러지게 피어 있었는데 알고 보니 한인 동포의 집이었다. 나도 우리 집 정원에 진달래, 채송화, 봉선화, 작약, 모란 등 한국적인 정서가 서려 있는 꽃들을 심어놓고 흐뭇해하기도 했다.

그나마 제2의 고향이던 워싱턴 지역을 떠나 미시간에 온 이후 꽃만으로는 부족하다는 생각이 들었다. 그래서 먼 우리의 선조들이 석기시대쯤 만들었을 법한 석탑을 부엌 창밖에 만들어놓고 매일 일할 때마다 내다보고 있다. 그것은 현재의 모국을 그리워함이 아닌, 과거에 대한 향수를 달래려는 뜻이다. 내 고향은 서울인데, 한 번 두 번 모국을 방문할 때마다 들러보아도 고향에 대한 그리움이 여전히 가시지 않는다. 그것은 현재의 문화도시에 대한 향수가 아닌, 가난하고 소박하던 옛 고향에 대한 향수이기 때문이리라.

우리 세대는 자라면서 부모님 내지 어른들께 무조건 복종하라고 배운 대로 따랐으나 우리가 부모가 된 후에는 자녀들이 우리를 지배하는 샌드위치 세대인 것 같다. 시대는 변하고, 작년 88서울올림픽의 TV 중계를 보면서 느낀 감동은 과거에 대한 향수와는 다른 각도에서 작용했다.

귀뚜라미의 초상화

《한국일보 시카고》, 1989년 11월

어느 늦은 여름날, 가을을 재촉하듯 창밖에서 귀뚜라미 소리가 들려왔다. 그 소리에 나는 슬며시 감상에 잠겼다. 단층집의 지하실을 작업실로 쓰고 있는 나에게 집안의 소음은 다 귀에 익었다. 에어컨과 난방기를 위시하여 세탁기, 냉동기, 건조기 등이 제각기 돌다가 꺼지곤 했다.

어느 날 마루에서 귀뚜라미 한 마리를 보고 잠시 생각했다. 이 무해한 곤충을 그대로 둘 것인가, 아니면 쫓아낼 것인가. 나는 귀뚜라미를 플라스틱 컵으로 생포하여 차고 밖으로 추방시켜 버렸다. 이틀 후 또 한 마리를 보았으나 바쁜 일에 정신이 팔려 내버려두었는데 그것은 큰

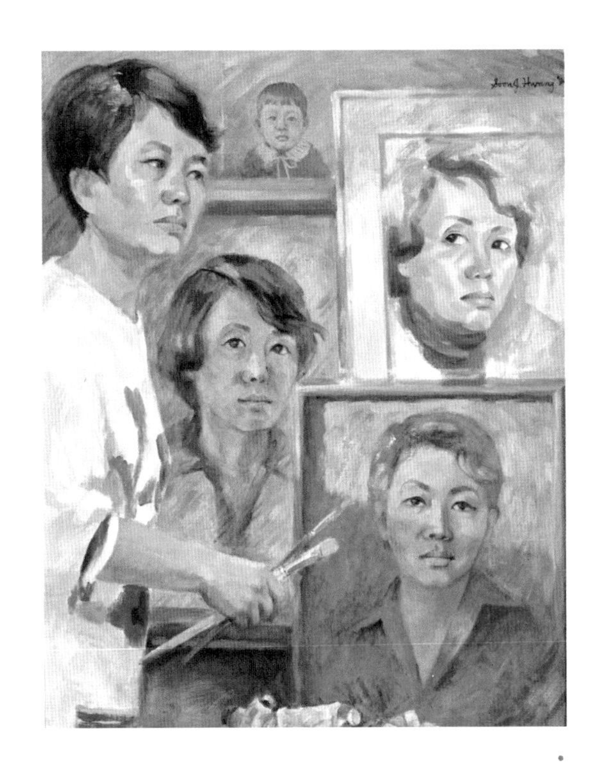

자화상 Self-portrait
Oil on canvas, 76×61cm, 1996

실수였다.

집안에 남은 귀뚜라미는 추방된 친구를 찾아 약 3주일 동안 목청 좋게 울어댔고 그로 인하여 나는 신경이 몹시 예민해졌다. 그전에도 집안에 귀뚜라미가 들어와 운 적이 있었으나 이번 친구는 파바로티나 도밍고급의 테너인 듯했다. 작업실이 쩡쩡 울리도록 노래하는 바람에 집안 어디에서나 그 소리가 들렸다.

이 시끄러운 침입자를 소탕해 보려고 노력했으나 번번이 내 일손만 중단될 뿐이었다. 결국 나는 참는 것이 약이다 생각하고, 외로운 작업의 동반자 또는 생 음향효과로 치는 수밖에 없었다.

내 친구의 초상화 근처에서 악을 쓰고 있는 '작은 테너'를 보자 옛 기억이 떠올랐다. 초등학교 시절 과학 시간의 숙제로 귀뚜라미를 그려야 했는데, 강제 징발된 귀뚜라미는 유리병 속에 조용히 앉아 초상화의 모델이 되어주었던 것이다. 이제 생각해 보면 한국의 귀뚜라미는 몸집이 둥글고 짧은 데 비해 미국의 귀뚜라미는 메뚜기처럼 길다.

지하실에서 혼자 작업을 하면서 외로웠던 것은 사실이다. 음악을 좋아하는 아들은 음악이 없으면 큰일이라도 난 듯 "엄마, 라디오라도 틀어요"라고 말했다. 음악 애호가인 남편 덕분에 클래식 음악을 듣고 훌륭한 음악회에도 가보았으며, 아들의 피아노 연습곡들은 내 기억 속에서 지워버릴 수 없는 일부가 되었다. 문외한의 귀가 좀 트인 셈이다. 작업 중에 클래식 라디오 방송을 들으면 곡이 끊이지 않고 나올 뿐만 아니라 해설도 함께 들을 수 있어 좋았다.

한편 남편의 친구이기도 한 황병기 씨의 가야금 연주곡은 한국적인 정서를 제공해 준다. 조용하고 간결한 매력이 있으며 섬세한 감정 표현과 서정시를 연상케 한다. 하지만 점차 템포가 빨라져 절정에 이를 때면 나는 무엇엔가 쫓기는 심리가 되고 만다. 한국의 대중가요도 즐겨 듣지만 대체로 슬픈 분위기의 곡이 많아서 오래 듣고 있으면 저기

북미시간의 야생연못 Wild Pond
Oil on canvas, 61×61cm, 2011

압이 되기 쉽다.

사람들이 미술은 머리를 쓰지 않고 작가의 손에만 의존하여 이루어진다고 생각하여, 미술인에게 "좋은 손재주를 가졌다"고 말하면 찬사인 것으로 착각한다. 그러나 작가는 감정의 표현을 손을 빌려서 이루게 되며, 작업 중의 분위기도 작업에 중요한 영향을 미친다.

나는 도예가인 여동생과 음악에 대한 의견을 교환하곤 한다. 밤새워서 작업을 할 때 누구의 노래가 제일 무난하다든가, 어떤 음악은 방해가 된다든가 하는 식으로.

작품을 하는 동안 시끄러운 귀뚜라미가 내 신경을 날카롭게 한다면, 또 내 의도와 맞지 않는 음악이 나를 다른 분위기로 몰아넣는다면 그 요소는 제거할 수밖에 없다. 작가가 진정 생각에 골몰하여 작업을 파고들 때 어떤 아름다운 음악도 귀에 들어오지 않으며, 완전한 고요만이 아름다운 음악이 된다.

마침내 나는 유난히도 시끄럽던 귀뚜라미를 작업실에서 추방하는데 성공했다. 차고에서 또 다른 귀뚜라미가 울고 있던 날이다. 먼저 내쫓긴 귀뚜라미가 기다리기라도 한 것일까. 며칠이 지나자 두 귀뚜라미는 서로를 찾았는지 소리가 사라졌고, 내 작업실은 다시 고요한 상태로 되돌아왔다.

팩랫의 고백

《한국일보 시카고》, 1989년 12월

나의 일과는 드립 커피를 내리는 일로 시작된다. 한 모금 마셔보기도 전에 그 향기로운 냄새가 온 집안에 진동하여 기분을 돋우어준다. 찬장에는 여동생이 만들어준 머그(mug)부터 이화여대 100주년 기념, 여행 기념, 선물 등 각양각색의 짝이 맞지 않는 머그들이 있어서 오늘은 어떤 잔으로 커피를 마실까 하며 고르게 된다. 연한 커피를 큼직한 잔에 담아 들고 그날의 계획을 세우는 것이 이때다.

서울에 가서 소꿉처럼 앙증스럽고 예쁜 찻잔에, 작은 티스푼과 몇 모금 안 되는 진한 커피나 차를 대접받을 때면 나는 큼직한 머그를 생각하곤 한다. 한 번에 차를 잔에 많이 따라놓고 빨리 마시지 않으면 식어

•
불사조 Firebird
Monoprint/Weaving, 48×63.5cm, 2010

버리는 것이 싫어서 조금씩 따라 마실지언정 작은 찻잔은 성에 차지 않는다. 간혹 집에서 귀한 손님을 접대할 경우에는 예쁜 찻잔을 꺼내서 쓰기도 하나 내 생활양식에는 우둔하고 큼직한 머그가 어울린다고 느낀다.

근래에 미국으로 이민 온 사람들과 달리 우리는 여기서 영주하게 될 줄 몰라서 살림살이는 아예 가지고 오지도 않았다. 처음 부엌 도구를 살 때는 정말 소꿉장난하듯 작은 냄비 두 개, 갈과 도마, 접시, 포크와 나이프, 물컵, 그리고 토스터를 장만했다. 그런데 한 해 두 해 지나는 동안에 차츰 살림이 늘어 이사를 할 때마다 짐이 되었다. 특히 나는 무엇이든 쓸 만한 것이면 버리기를 아까워하기에 문제가 아닐 수 없다.

미국에서는 나처럼 무엇을 아껴두고 버리지 않는 사람을 '팩랫(pack rat)'이라고 부른다. 남편이 내게 종종 권하는 말이 있다.

"용감하게 버려요!"

물자가 흔해서인지 미국 사람들은 무엇이든 툭하면 버리고도 양심의 가책을 느끼지 않는다. 우리가 미시간으로 이주할 때 허접쓰레기가 많아서 힘들었던 터라 더 이상 물건을 사지 말자고 맹세했다. 또 다음에 이주할 경우를 염려해서 열심히 버리기 시작했다. 그러나 어느새 나는 슬그머니 무엇인가 사오곤 한다.

그렇지만 나는 "사치하느라 물건을 사지는 않는다"라든가 "필요 없는 물건은 사지 않는다"와 같은 원칙을 가지고 있으며, 내 생활의 편리나 시간 절약에 도움이 된다고 느끼는 도구를 사면 그 가치가 다하도록 이용하는 편이다. 남들을 따라 비싼 재봉틀을 사서 몇 년 그냥 두었다가 결국 팔든가 누구에게 주는 경우도 가끔 본다. 나는 재봉틀을 산 지 2~3년 내에 이미 그 값을 뽑았고 20년이 지난 오늘도, 또 앞으로도 잘 쓸 것이 분명하다. 그러나 기계문명이 급속히 발달하고 있는 이때 20여 년 된 기계는 골동품의 가치가 있을 정도이며 더욱 편리하고 새로운 기계들이 나를 유혹한다.

매년 10월경부터 우편함에 날아드는 허다한 세일즈 카탈로그를 보면 그 다양한 상품들의 용도가 참 재미있다. 물만 끓이면 인스턴트 커피를 마실 수도 있는데 우리는 일부러 커피콩 가는 기계를 사서 쓰며, 여러 가지 방법으로 커피를 끓여야 문화인인 듯 느끼고 잔의 커피가 식을까 염려하여 커피 워머를 쓴다.

어느 해 소비자 리포트의 커피 기사를 보니, 맛을 식별하는 전문가 이외의 사람들에게 커피를 마시게 해본 결과 많은 이들이 인스턴트와 드립 커피, 그리고 카페인이 있고 없는 것도 식별하지 못했다고 한다. 결국 맛도 잘 모르면서 까다로운 체해 보는 것인가?

숯불로 다림질을 하던 세상은 지났고 전기 제품의 전성기가 왔다. 나는 우리 친정 가족이 몇 세대에 걸쳐 살아온 그 큰 집을 떠날 수 없을 것이라고 생각했다. 그런데 우리 온 가족은 그 집을 떠났을 뿐 아니라 미국으로 떠나왔다.

나는 작은 물건 하나하나에 애착을 가지는 성벽을 언젠가 버려야 한다고 생각한다. 아무리 소형 전기 제품을 좋아해도 언제 쓸지 모를 물건을 다 가질 수 없거니와 우리 집의 제한된 공간을 유용하게 쓰려면 더 이상 욕심을 삼가야 한다. 그러나 나처럼 폐물을 이용해서 작업하는 사람에게는 남들이 버린 쓰레기 중에도 중요한 자료가 많다. 손으로 뜯어서 수북이 쌓아놓은 종이들, 그리고 밖에 굴러다니는 가랑잎들이 오히려 전기 제품들보다도 더 긴요할 수 있다.

유행이 지났거나 작아져서 못 입는 옷들은 구호 기관에 보내며, 잘되지 않은 그림도 다른 작품에 이용한다. 하지만 살림에 마음을 두시 않는 동안 냉장고 속에는 낭비가 생긴다. 아프리카의 빈사 상태에서 헤매는 인파들을 볼 때 이것은 죄악이 아닐 수 없다. 미국이 당면하고 있는 쓰레기 문제는 심각하다. 그래서 나는 감자 껍질로 만들었다는 새로운 쓰레기봉투에 가랑잎을 담으며 그 발명에 찬사를 보낸다.

나 자신이 팩랫인 점을 자랑스럽게 여기진 않지만 나로서도 정당한 이유와 논리는 있다.

김치 외교

《한국일보 시카고》, 1990년 9월

사랑하는 사람들을 식사에 초대하여, 은은한 음악이 흐르는 가운데 흔들리는 촛불에 그들의 미소가 비치는 장면은 로맨틱하다. 친구를 사귀는 경우에도 차 한 잔을 앞에 놓고 보면 분위기는 훨씬 부드러워진다. 사랑하는 가족과 식탁에 둘러앉아 함께 식사를 즐기는 일은 인간관계를 접합시키는 기본적인 행위 중의 하나라고 생각한다.

인간은 의식주 세 가지를 해결하기 위해서 일을 해야 하지만 의복은 많이 가지고 있지 않더라도 살 수 있고, 차츰 더 늘어만 가는 거리의 천사들도 불쌍하나마 그런대로 생명은 유지하고 있다. 그러나 동물은 살

물결과 문양 Waves & Patterns
Monoprint/Weaving, 49.5×65cm, 2010

기 위해 반드시 '먹어야' 하고 어떤 인간은 먹기 위해 산다고도 말한다.

미국에서 살다 보니 자연히 미국 친구들과 사귀게 되어 집에도 오가게 된다. 손님들에게 한국 음식을 대접하는 것이 일종의 예의가 될 만큼 우리는 많은 미국 가정에 한국 음식을 소개했다. 조(Joe)라는 친구는 한국 음식을 하도 좋아해서 그의 아내에게 기본적인 한식 조리법을 가르쳐주었다. 집에서 웬만한 한국 음식을 해먹을 수 있도록 도와준 것이다.

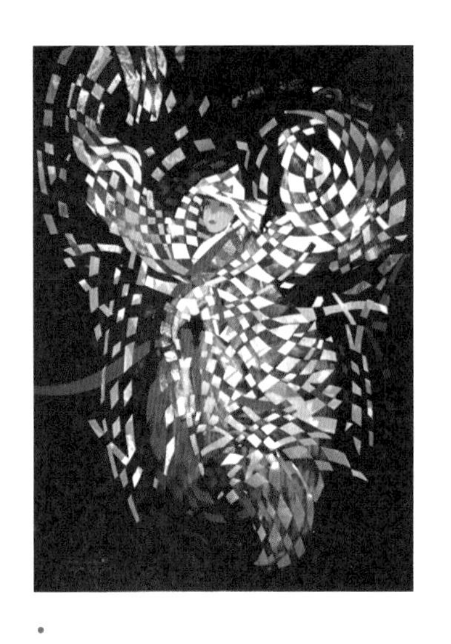

•
승무 Monk Dance
Monoprint/Weaving, 76×56cm, 1991

그들 부부는 워싱턴에 사는 동안 우리보다 더 자주 한국 식당에 갔을 뿐만 아니라 우리를 한국 식당으로 초대하기도 했는데, 어느 날 조가 덜 익은 김치를 먹고는 김치 맛이 이상하다며 불평을 했다. 그가 잘 익은 김치 맛을 너무 잘 알고 있다는 증거였기에 우리 부부는 웃음을 터뜨렸다. 언젠가는 샌프란시스코에 갔던 조가 한국 식당에서 김치찌개를 처음 먹어 보았다며 그때까지 내가 자신에게 김치찌개를 해주지 않은 점에 대해 항의를 하기도 했다. 그들이 켄터키 주의 루이빌로 이사를 가게 되자 거기에도 한국 식품점이 있는지 걱정하기에 나는 있다고 답을 주었다.

워싱턴에서 나와 같은 직장에서 일하던 친구 케이(Kay)는 김치 만드는 방법을 적어달라기에 반신반의하면서 적어주었고, 그녀는 다른 직장으로 옮겨갔다. 몇 해 후 내가 메릴랜드 주의 볼티모어로 이사하고 나서 새 직장을 찾았을 때 뜻밖에도 다시 케이와 함께 일하게 되었다. 케이는 그동안 내가 적어준 레시피로 김치를 만들어 먹었다며, 다른 친구들도 그 레시피로 김치를 만들어 먹는다고 했다. 이로 인해 내가 김치 사절로 민간 외교를 하고 있다는 사실을 알게 되어 기뻤다.

볼티모어에서도 나의 김치 외교는 활발했다. 처음에는 유난히 김치가 좋다고 표현한 친구를 제외하고는 다들 김치에 관심이 없는 줄 알았다. 그런데 그중 한 명인 매리언(Marion)이란 친구가 뜻밖의 얘기를 들려주었다. 다른 지역으로 이사하고 임신을 했는데 김치 생각이 간절했다는 것이다. 한국인 약제사에게 김치 좀 달라고 했더니 임신 중에 자극적 음식은 나쁘다며 안 주다가, 나중에 김치를 심심하게 담아주어 아주 잘 먹었다고 한다. 입덧할 때 김치를 찾는 일은 한국 부인들에게만 일어나는 일이 아님을 알게 되었다.

4반세기 이상 펼쳐온 김치 외교에서 내가 터득한 이론이 있다. 처음 보는 김치를 겁 없이 맛보는 사람이라면 누구나 내 친구가 될 가능성이 높다는 것이다. 그런 사람은 근시안적인 편견이 없고 허심탄회하며 여유로운 성격의 소유자이기 때문이다. 엄마가 아기의 입에 무엇인가 넣어주었을 때 넙죽 먹는 신뢰형이 있는가 하면 입에 들어간 음식도 꺼내서 점검하는 불신형이 있다. 후자를 나는 '요주의형'으로 느낀다.

내 여동생이 동료 도예가들과 환담하던 중 김치가 화제로 등장했다고 한다. 미국인 남성이 직접 김치를 만들어 먹는다고 하자 다른 남성과 여성도 역시 그런다고 하여, 그 자리에서 유일한 한국인인 자신만 김치를 사먹어서 부끄러웠다는 얘기다. 그들이 어디서 누구에게 김치 만드는 법을 배웠는지 모르나 흥미로운 일이다. 도예가들은 한국의 도예가 현대 도자기에 미친 영향에 찬사를 보내고 또 옹기에 관심이 있다 보니 옹기에 담았을 김치에까지 관심을 갖게 된 것일까?

어쨌든 많은 일화를 다 쓸 수는 없으나 현재 100만이 넘는 재미 동포들의 민간 외교를 합해 본다면 무시할 수 없는 일이 아닐까. 이는 우리의 문화가 미국 땅에 깊이 뿌리내리고 있음을 단편적으로 보여주는 것이다.

3년 전 영문으로 출판된 윤문자 씨의 한국 요리책은 특히 영양사의 시점에서 씌어진 책으로, 한국 음식을 좋아하는 미국 친구들에게 좋은 선물이 되었다. 그 작가는 우리처럼 아마추어 외교를 하는 게 아니라 전문 외교관처럼 느껴진다. 그런가 하면 한국 음식을 거부하는 2세들도 종종 있다고 들었다. 엄마들은 아이들 음식을 따로 조리해서 말 그대로 '동상이몽'처럼 같은 상에서 다른 음식을 먹어야 하며, 이런 2세들을 한국에 데리고 갈 때 힘이 든다고 한다.

나는 외아들을 무엇이건 우리가 먹는 음식을 먹여 길렀다. 한 상에서 같은 음식을 나눈다는 것은 마치 한국말 하는 사람들끼리의 편안한 심리와도 같고 우리 문화 및 정서와도 통한다. 김치 외교뿐만이 아닌 우리의 문화가 100만 동포들을 통하여, 그리고 한국 국민들을 통하여 널리 소개되기를 바란다.

통 일 을 꿈 꾸 며

《코리안저널 미시간》, 2001년 2월

2000년 시드니올림픽 때 남북한 선수들이 손에 손을 잡고 입장하는 광경을 보며 동족의 입장에서 뜨거운 눈물을 닦지 않을 수 없었다. 미국인 친구들이 내게 소감을 묻기에 "이것은 기쁜 일이며, 일단 물꼬가 트였으니 물이 얼마나 빨리 흐를지는 모르나 열린 문은 다시 닫히지 않을 것"이라고 답했다. 한반도의 반세기 분단은 지금 누구를 원망할 일도 아니고 단지 우리 민족의 비극일 뿐이다.

작년에 8·15를 기해 처음으로 민간 차원의 이산가족 상봉이 이루어진 것은 축하할 일이나, 이산 50년의 세월을 메우기에는 너무나 짧은 재회가 아쉬움을 남겼다. 재회에는 기쁨도 있었지만 어떤 아버지는 치

•
청홍색 고사리 Red & Blue Fern
Monoprint, 48×63.5cm, 1998

매에 걸려 찾아온 아들을 알아보지도 못했는가 하면, 형을 만나려던 아우는 며칠을 더 기다리지 못해 숨진 형의 장례식을 보았으니 기막히고 슬프다.

이제 경의선을 복구하여 북으로 '오리엔트익스프레스(Orient Express)'까지 연결될 수 있다는 가능성이 우리를 흥분시킨다. 때를 맞추어 나는 《코리안서널》 초청 '남북한 화가 선시회'에 출품을 하면서 기꺼이 응하기보다는 꺼리는 마음이 컸다.

나무와 파랑새 Blue Bird on a Tree
Print/Weaving, 48×65cm, 2012

중국이나 공산 진영 작품에는 정치적 선전물이 많고 사실주의 기법만 허용한다고 들어서, 완전 정치 통제하에 이루어진 작품을 대할 마음의 준비가 되어 있지 않았다. 나는 사실주의 자체에 반대하는 것이 아니라 예술의 이념조차 통제하는 정치 체제에 대한 거부감이 컸기 때문이다. 하긴 밥이 없어 무수한 생명이 굶어 죽는 판국에 예술의 이념이니 형태를 운운한다는 것은 사치일지 모른다. 그들에게 우선 필요한 것은 밥이지 예술의 자유가 아니다.

미시간 거주 남한 화가들이 작품을 진열할 때 북한 작가들의 작품은 아직 도착해 있지 않았다. 개막식 날 전시장에 도착하니 북한 작가들 작품이 전시되어 있었다. 그때까지 내가 느끼던 거부감은 슬며시 사라지고 작품들에 관심이 생겼다. 동양화 대작을 비롯하여 자수로 제작한 작품 내지 유화 등이 눈에 띄었다. 이산가족 상봉에서 운보 김기창 화백의 동생으로 유명해진 김기만 작가의 작품도 흥미로웠다. 50년간 형제의 이산도 피의 흐름은 막을 길이 없어 그들의 필치는 닮아 있었다.

나는 근래에 유화를 별로 하지 않고 판화나 종이엮기(paper weaving) 작업에 몰두해 있었는데, 북한 화가의 유화 소품들이 내 눈길을 끌었다. 젊은 미술 학도였던 내가 그림에 열중하던 6·25전쟁 직후에는 화구가 비싸고 구하기도 힘들었다. 북한의 작가들이 아직도 그런 상황에서 전전긍긍한다고 생각하니 딱했다. 북한의 일급 화가 작품이라서 관심이 가는 게 아니라, 무명 화가나 학생 작품이라도 내 가슴에 와 닿을 때 가치를 인정하게 된다. 백두산 계곡, 금강산 풍경 내지 명소를 그린 유화 소품 등 주옥같은 작품들이 몇 있었다. 그들은 외국의 명화를 볼 기회도 없었을 뿐더러 예술에서 가장 중요한 창조성조차 통제당하며 작품을 제작했지만 거기에는 훌륭한 기법도 들어 있었다.

한편 남한을 대표하는 네 명의 미시간 거주 작가들은 각기 독자적이고 개성이 강한 작품들을 선보였다. 북한 작가들과 달리 여기서 창작 활동하는 작가들에게는 재료의 궁핍이나 생활고도 없거니와 미술관에 가면 언제나 많은 명화를 감상할 수 있고 창작의 세계에서 우리 능력이 미치는 한 어떤 작품이든 할 기회가 주어져 있다. 나는 지하실의 넓은 화실에서 밖에도 나가지 않은 채 두더지같이 작업만 하며 살지만, 북한의 예술인들도 정부의 제한과 생활고 없이 편안하게 작품에 전념

할 수 있기를 바란다.

북한 작가의 유화 소품을 한 점 구입해서 집에 가지고 왔다. 작가가 손으로 만든 캔버스에서도 궁핍은 엿보인다. 누군가 입던 셔츠로 만든 캔버스였다. 우리 집에도 그림이 넘치지만 작은 유화에서 동족의 피를 느끼고 그 화가에 대한 연민이 작용하여 그림을 구입해 온 것이다. 그 화가의 생활도 상상해 본다.

한국 개화기에 활동했던 선배 예술가들도 너무나 불행한 생을 보냈다. 예술의 길은 험하고 예측하기 어렵다. 비록 나는 전쟁 동안에 자라기는 했지만, 한국에 살 때나 미국에 와서도 우리 부모님 세대에 비해 예술인의 입장에서 비교적 시대를 잘 타고났다고 느낀다. 마음껏 작품을 할 수 있는 자유와 여건이 주어진 생활에 다시금 감사한다.

분단된 조국이 통일되고 남북한의 예술인들이 진정한 의미에서 문화 교류를 할 수 있는 날이 오기를 기대해 본다.

동 이 족 의 후 예 들

1994년 여름, 우리 부부는 나의 미국문화원 시절 미국인 상관이셨던 리(Lee) 선생님을 방문하고자 플로리다 주의 네이플스로 향했다. 리 선생님 부부 모두 80대가 되셨지만 여전히 플로리다 고고학계에서 바쁘게 활동하고 계셨다. 고고학 연구에 골몰하신다고 말씀만 들었을 때는 감이 잡히지 않았으나 직접 찾아뵈니 많은 감동을 받았다.

그곳에 머물던 어느 날 우리는 리 선생님 부부와 함께 개인 소유 유적지에 가게 되었다. '파인랜드(Pineland)'란 이름의 그 유적지는 파인 아일랜드라는 자그마한 섬 안에 있었다. 우리는 다른 데서 볼 수 없는 플로리다의 원시림과 목장을 둘러보았다. 옛날 그곳에는 세미놀(Seminole)이란 인디언 부족이 산재해 있었으며, 플로리다에서 가장 강성했다고 한다.

미 대륙에서 수천 년 이상 살아온 인디언들에게 백인의 상륙은 흉조일 수밖에 없듯이 세미놀 인디언들에게도 예외는 아니었다. 그들은 정복자들의 총탄에 맞아 죽었으며 땅을 빼앗겼다. 그로부터 시작해서 인디언 마을은 죽음의 그림자로 덮여갔다. 총탄보다 더 무서웠던 것은 백인 사회가 옮긴 감기였다. 그 무서운 전염병은 수천 년 격리되어 평화롭게 살아온 인디언들을 감염시켜 하나둘 숨지게 함으로써 세미놀 인디언은 지구상에서 멸종했다고 한다.

멸종한 세미놀 부족의 문화만이라도 간직하려는 노력이 이루어지고 있다. 그중 하나가 인디언과의 교역으로 돈을 번 지식인이 주요 유적지를 사들여, 집장사들의 손아귀로부터 구해낸 일이다. 집장사들은 따뜻한 플로리다에 모여드는 돈 많은 노인들과 관광객들을 상대로 돈을 벌기 위해 녹지대는 물론 수천 년 된 밀림까지 불법으로 밀고 집을 짓는 등 사리사욕을 채웠다.

집장사들은 플로리다의 넓은 늪지대를 흙으로 메우기 위해 아프리카나 남미에서 습기를 잘 빨아먹는 나무를 옮겨다 심었다고 한다. 그 결과 늪지대는 사람이 살 수 있는 땅으로 바뀌었고, 큰돈을 번 집장사들은 자신들의 꾀를 자랑했을 것이다. 그곳으로 이동하는 인구가 늘면서 더 많은 물이 필요해졌다. 그런데 이식한 나무들이 계속 번성하여 그 지역의 원종들을 한 가지씩 질식시켜 멸종 위기로 몰아갔으며, 옛 늪지대는 지금 식수 부족 사태를 겪고 있다. 자연보호 기관에서는 늪

•

파인랜드의 소

Cow in Pinland

Oil on canvas,

122×147cm, 1999

지대를 메우는 것이 자연의 이치를 배반하는 일이자 지구 전체에 문제를 일으킨다고 역설하며 늪지대를 과거 본연의 상태로 되돌리라고 주장한다.

리 선생님 부부는 세미놀 부족이 남기고 간 유적들을 채집하고 기록하셨으며, 몸소 땅에 엎드려 발굴 작업에도 참여하셨다. 그분들은 섬 안에 있는 유적지 파인랜드를 구석구석 답사하셨다고 한다. 우리 부부에게도 그곳을 직접 보여주시며 관련 역사와 일화를 설명해 주셨다.

세미놀 부족은 상당히 진보된 문화를 지니고 있어서 몇 십 킬로미터 떨어진 거리라도 운하를 파서 수로를 만들었다. 사람들이 카누로 물건을 운반했으며, 그 운하의 폭과 수심은 어디에서건 균일했다고 한다. 또 해풍이 잦은 곳에는 조개껍질로 18미터나 되는 방파제를 쌓았다. 우리도 직접 그 방파제에 올라가 보았는데, 태풍을 막는 기능뿐 아니라 바다를 바라보는 전망대로서도 훌륭했다. 자그마한 박물관에는 그들의 예식이나 일상생활을 엿볼 수 있는 의상과 도구들이 진열되어 있었다.

나는 개인 소유지인 파인랜드까지 돌아보게 해주신 리 선생님께 감사드렸고, 거기 있는 동안에 두 분이 좋아하시는 한국 음식을 만들어 대접했다. 오랜만에 한국 음식을 즐기시는 두 분을 뵈니 기뻤다. 우리가 그냥 관광객으로 갔다면 이렇게 귀한 역사는 배우지 못했으리라. 나는 세미놀 부족의 슬픈 종말을 가슴에 안은 채 집에 돌아와, 그 기억이 사라지기 전에 〈파인랜드의 소〉라는 풍경화를 그렸다. 그림으로나

마 세미놀 부족의 비운을 달래주고 싶었다.

세미놀 부족의 조각보에서 유래한 '세미놀 퀼트' 문양이 현대 의상에도 활용되는 등 세미놀의 문화는 지금도 여전히 남아 있다. 근래에 아메리칸인디언들이 우리와 같은 피를 나눈 동이족(발해인)의 후예라는 학설에 대해 알게 되었다. 먼 옛날 아메리칸인디언들은 비행기도 없던 시절 이 땅에 이주하면서 이미 발달된 문화를 가져왔다. 미국에 이민 온 한인 동포들 역시 문화를 안고 건너온 동이족의 후예들이 아닌가. 이처럼 미국에 건너온 동이족의 후예들은 '두 번째 바람(Second Wind)'이라고 볼 수 있겠다.

종이 동물원

동물원이란 그룹이 있단다
알렉산더 콜더의 동물들이
서커스를 했다면

내가 만든 종이 동물들은
가만히 그 자태를 자랑할 뿐
할 줄 아는 것이라곤
균형 잡아 세워주면
그것이 전부

내 종이 동물원 친구들은
산 생명 같은 표정을
지니고 있단다

무수한 종이를 접기 위한
내 손의 진동으로

생명 없는 동물들을 탄생시키고

나는 그들과 함께 산다

더러 다른 곳으로

입양을 가면

그들을 그리워하는

내가 남는다

홍학 Pink Flamingo

Paper craft, (h)26.7×(l)17.8×(w)7.7cm, 2005

Chapter 3

21초에 이루어지는 판화

마음을 비우고 순수한 마음으로 그림을 대하면
무엇을 말하는지 보일 것이다. 눈앞에 펼쳐져 있는 작품을
그냥 시각적으로 즐기는 것도 한 가지 감상법이라고 생각한다.

그 림 을
감 상 하 려 면

그림을 감상하려면 우선 그림을 보아야 한다. 책이나 인터넷으로 보는 방법도 있지만 가장 좋은 방법은 직접 화랑에 가서 작품을 감상하거나 미술관에 가서 원화를 보는 것이다. 한군데서 많은 작품을 볼 수 있고 설명도 들을 수 있기 때문이다.

그림을 감상할 때 사람들은 너무 심각하게 생각하는 경향이 있다. 그것은 혹시 이해를 못 하면 어쩔까 하는 두려움에서 비롯된다. 무엇을 그렸는지 모를 추상화는 일반 대중에게 겁을 주고 사람들은 자기들이 모른다는 사실을 보이기 싫고, 그러다 보니 무언지 모를 그림을 그리는 화가를 욕하기도 한다. 한편 그림은 별 볼일 없으면서 거기에 거창한 철학이나 심각한 궤변을 늘어놓을 때 꿈보다 해몽이 좋다는 말이 생각난다. 그러나 정말 좋은 작품은 그림을 아는 사람이 보든 모르는 사람

•
스카프 Scarf
Transfer drawing, 41×33cm, 1995

이 보든 그 진가가 드러난다.

어떤 그림 앞에서 "세 살짜리 내 딸도 이보다 더 잘 그릴 수 있다"고 빈정대는 경우를 종종 본다. 혹 그 사람의 세 살짜리 딸이 자라서 화가가 된다고 치자. 그 애가 그린 그림을 보고 다른 아빠가 똑같은 소리를 한다면 기분이 어떻겠는가. 그리고 "이런 그림은 거저 준대도 싫다"는 말도 들린다. 거저 줄 리도 없겠지만 이유 없이 작품을 모독하는 일도 누워서 침 뱉기다. 그림은 그런 말을 듣지 못하지만 그런 식의 악담은 자기 자신의 교양이나 인격을 말해 준다.

그림을 볼 때 아주 쉽게 좋아지는 경우가 있는데, 빨리 단 불이 쉽게 식듯이 갑자기 좋아진 그림은 쉽게 싫증날 수도 있다. 어떤 그림과는 친숙해지는 데 시간이 걸리기도 한다. 즉시 좋아지기보다는 시간이 갈수록 맛이 우러나와 오래 두고 보아야 좋은 그림이 있다. 언젠가 선승혜라는 큐레이터가 "그림 감상을 연애처럼 하라"고 쓴 글을 인터넷에서 보았다. 작가의 성품이나 성향에서 작품이 창조되기 때문에 작품 감상도 인간관계와 크게 다를 바가 없다.

샌디에이고 구시가 Old Town San Diego
Oil on canvas, 41×51cm, 2003

혹시 작품을 구입할 경우 그림이 걸릴 장소에 따라 심사숙고해야 할 것이다. 많은 사람들이 "우리 집 소파가 무슨 색인데 거기 맞는 그림을 사고 싶다"고 말한다. 소파는 시간이 가면 못 쓰게 되기도 하고 바뀔 수도 있어서 그 방법은 추천할 만하지 않다.

돈이 엄청 많은 사람은 유명 작가의 고가 작품을 구입하여 자기도 즐기고 남들에게 자랑할 수 있다. 그러나 일반 대중이라면 비용 부담

•

나뭇잎 Foliage

Intaglio, Softground, Openbite, 25×20cm, 1983

이 적은 무명 작가의 작품 중에서 선택하는 것도 좋은 방법이다. 무명 작가의 순수하고 친근감 있는 작품을 잘 선택하면 작가나 구매자 피차에 도움이 될 것이다.

한 친구가 자기는 못생기고 섹시한 여성이 좋다고 말한다. 그것은 그의 취향이다. 이와 마찬가지로 심각한 그림을 선호하는 사람이 있는가 하면, 아름답고 화려한 색채의 그림을 좋아하는 사람도 있고 거의 색이 없다시피 한 그림을 선호하는 사람도 있다. 화가의 경우에도 남의 눈에 띄기 위해서 요란한 그림을 그리는 이도 있고 누가 봐주거나 말거나 묵묵히 자기가 그리고 싶은 대로 그리는 이도 있다.

내 남편은 내가 작업을 하는 동안 평을 하는 일이 극히 드물었다. 그러다 남편이 입을 열면 나는 화가 나곤 했다. 초점을 꼭 집어서 말하기 때문이다. 그러나 그는 내 그림의 팬이었다. 장거리 이사를 앞두고 "이 많은 그림들을 어떻게 할 거냐"던 남편은 이사 후 말이 달라졌다. "우리 집에 걸린 그림들과 너무 친숙해져 있으니 팔지 말라"는 것이었다. 내게는 또 한 명의 팬이 있는데 바로 아들이다. 내가 그림을 그려놓으면 아주 어려서부터 제 마음대로 그림 설명을 한 대변인이다. 그러고 보면 가족들이 다 내 팬인 셈이다.

관객이 작가의 의도를 아는 것은 중요하지만 그 의도와 다른 점을 보거나 느낀다 해도 상관없다. 그리고 그림의 색이나 구도, 형태를 보고 즐겼다면 이미 작가와 어느 정도 공감하고 있는 것이다. 그림에 조예가 깊은 사람과 일반 관람객의 그림을 보는 눈은 다를 수밖에 없다.

대체로 관람객은 그림에서 자신의 체험을 바탕으로 연결점을 발견해내고 거기에 공감한다. 그것은 당연한 일이다. 결국 관람객은 자기가 아는 만큼만 보게 된다.

마음을 비우고 편견이나 두려움 없이 순수한 마음으로 그림을 대하면 그 작품이 무엇을 말하고 있는지 보일 것이다. 나는 눈앞에 펼쳐져 있는 작품을 그냥 시각적으로 즐기는 것도 한 가지 감상법이라고 생각한다.

토요일마다 박물관에 가다

내가 처음 박물관에 가본 것은 초등학생 때로, 진열장 안의 전시물을 보려면 발돋움을 해야만 했다. 고대의 물품들을 본다는 일이 신기했다. 6·25전쟁이 끝나고 피난지에서 돌아온 후 고등학생이 된 나는 그림 지도를 받느라 매주 토요일마다 국립박물관에 다녔다. 당시 국립박물관은 을지로 2가에서 남쪽 방향으로 언덕 위에 있었다.

국립박물관에는 다른 학교 학생들도 많이 오곤 했다. 나는 그림을 배운다는 목적도 있었지만 틈틈이 박물관의 소장품을 관람하기도 했다. 후에 박물관은 덕수궁 석조전으로 옮겨졌고 나는 대학 입학 후에도 계속해서 2년은 주말마다 박물관에 다니며 그림을 배웠다. 또 거기에는 장안의 유명 미술인들과 문인들이 항상 드나들었기 때문에 재미있는

•
도자기 Ceramics
Monoprint/Weaving, 48×65cm, 2017

대화도 들을 수 있었고 유명 인사들을 만나는 즐거움도 있었다.

대학에서는 최순우 선생님께 동양미술사와 한국미술사를 배웠는데, 박물관에 관심이 많던 내게는 무척 소중한 시간이었다. 내가 아파서 결석한 적이 있는데 박물관으로 최 선생님을 찾아가 놓친 강의를 반복해 주십사 부닥드렸다. 자상하신 최 선생님은 나 하나만 놓고도 강의를 해주셨고, 지금까지도 감사히 생각한다. 당시에는 교과서나 슬라이

드도 없이 강의에만 의존해야 했기에 불가피한 부탁이었다.

후에 최순우 선생님은 국립박물관장이 되셨다. 워싱턴DC의 스미스소니언 박물관(Smithsonian Museum)에서 '한국미술 5천년전'이 개막할 때는 전시회 담당자로서 미국에 오셨다. 한국미술 5천년전과 병행하여 그곳에서 워싱턴 한인미술가협회 회원들이 특별전시를 할 기회가 있었다. 나는 판화 소품을 출품했고, 최 관장님이 내 작품을 좋게 봐주셨다.

나는 한국에서 국립박물관에 매주 다녔을 뿐 아니라 워싱턴에 살던 23년간도 미국의 국립박물관인 스미스소니언 박물관을 자주 관람했다. 그곳은 역사, 과학, 우주, 동양, 아프리카 미술을 비롯하여 많은 미술관 내지 박물관으로 구성되어 있다. 그 끝없이 많은 소장품들 때문에 한번 가면 하루에 건물 하나 보는 것도 벅차다.

주로 가족이나 친구들과 함께 갔지만, 동행할 사람이 없을 때면 혼자 갔다. 보통 개관 시간보다 15분 일찍 박물관 앞에 도착하여 주차하고 기다린다. 10시 정각에 문을 열면 그 시간부터 길에 주차가 허용되기 때문이다. 관람을 하고 점심때가 되면 카페테리아에 가서 음식을 사가지고 자리에 앉는다. 점심을 먹는 일도 중요하지만 걸어다니다 보면 앉아서 다리를 쉬어야 한다. 점심을 먹고 나면 다시 오후 관람을 시작하며, 내셔널갤러리(National Gallery of Art)의 카페테리아 옆에는 책방과 기념품점이 있어서 필요한 책도 사고 구경도 한다.

워싱턴의 그 많은 박물관들은 다 국영이라 입장이 무료다. 그러다 보니 다른 곳에서 별 볼 것도 없는 박물관에 비싼 입장료를 내게 되면 슬그머니 억울한 생각이 들기도 한다. 우리 가족은 다 미술관이나 박물관에 가기를 좋아한다.

내가 대학 졸업 후 미국문화원에 근무하던 시기에는 한국의 골동품을 외국인이 마음대로 사서 국외로 반출할 수 있었다. 외국인에게 골동품을 파는 한국 영감님이 사무실에 오곤 했는데 영어를 못해서 가끔 내가 통역으로 불려갔다. 영어로 치면 나보다 훨씬 잘하는 사람이 많았지만 미술 전공자인 내 의견을 듣고 싶어서였다.

그 영감님 입장에서는 하나라도 더 팔아야 하고 내 상관들은 한국의 아름다운 골동품을 사고 싶어했는데, 나는 그 사이에서 고민했다. 그 골동품상이 외국인에게 파는 물품은 한국을 떠나가기 때문이다. 그 후 한국 정부는 중요한 골동품이 해외에 반출되지 않도록 법을 정했다. 내 상관이었던 그레고리 헨더슨 씨는 귀중한 한국의 골동품을 미국으로 가져갔다는 이유로 해고당했다.

내가 미국에 온 뒤 중앙청 건물이 국립중앙박물관으로 바뀌었다는 소식을 들었고, 귀국했을 때 그곳을 방문하여 그 안에서 사간동 우리 옛집을 더듬어보며 눈시울을 적시기도 했다. 그런데 그렇게 단장했던 중앙청 건물이 얼마 안 되어 돌 더미로 변해버렸다. 내가 태어나 자라는 동안 안방에서 매일 보던 건물이 영원히 사라진 것이다. 일본이 조선의 기를 막기 위해 경복궁 앞에 세운 건물이므로 한국 입장에서는 청산해야 할 과거이리라. 그 입장이 이해되면서도 한편으로는 조금 서

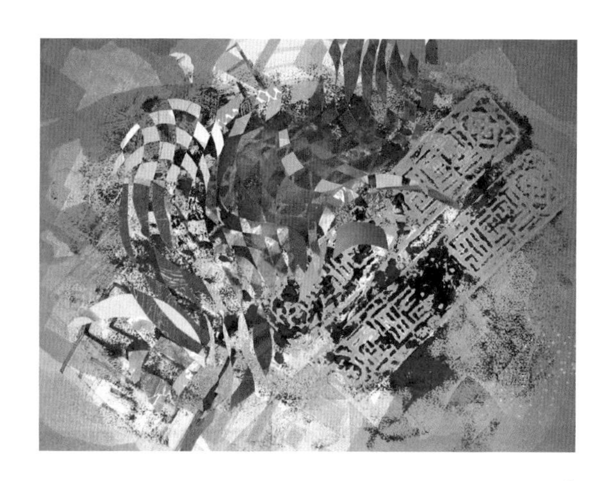

청색 문자 Blue Letters
Monoprint/Weaving, 48×63.5cm, 2011

글펐다. 내게는 꿈에도 잊을 수 없는 고향의 표적이었기 때문이다.

현재 용산으로 옮겨간 국립중앙박물관에는 아직 가보지 못했다. 기회가 되면 들러보고 싶다. 한국의 미술품들은 규모는 크지 않지만 단아하고 따뜻한, 마치 친구 같은 예술품들이다. 가끔씩 TV에서 한국 미술품과 관련된 짧은 영상을 보면서 모국에 대한 향수를 달래본다.

바 꾸 지 않 겠 습 니 다

대학 2학년 여름방학 때 나는 신이 났다. 국문과 윤원호 교수님의 알선으로 국문과 1학년 학생 K의 시를 받아 시화전(詩畫展)을 준비하게 되었기 때문이다. 나는 방학 동안 그림을 그리고 시를 적어 넣으며 바쁘게 보냈다.

물감은 포스터컬러를 썼는데 도료의 질이 나빠서 오래가지 않고 바랬지만, 적어도 작품을 하는 과정은 즐거웠다. 개강 후 나는 완성된 시화를 국문과 교수실로 가지고 갔다. 국문과에서 내 그림이 어떤지 미술과 교수실에 심사를 위촉했던 것 같다. 그리고 미술과 교수실에서 심사가 통과되어 교내 학생관에서 전시를 하게 되었다.

교내의 모든 활동은 학생처장의 승인을 받아야 했다. 이미 국문과와 미술과 교수실에서 통과된 작품이 학생처에서 문제 될 일은 없다고 생각했다. 그런데 국문과 과장으로 계시던 교수님이 내게 힘들게 말문을 여셨다. 학생처에서 '시'가 주(主)고 '화'는 종(從)인데 시를 연한 색으로 썼으니, 까만색으로 고쳐오지 않으면 승인을 해줄 수 없다는 것이었다.

나는 그 말씀을 듣고 단호하게 말씀드렸다.

"까만색으로 글씨를 바꾸는 일은 하지 않겠습니다. 결재가 나지 않으면 이 전시회는 없던 것으로 하겠습니다."

이미 완성된 시화에서 글씨를 까만색으로 덧씌우려면 사람의 손이 기계처럼 정확할 수도 없거니와 화면의 구성이나 색조는 또 어떻게 될 것인가. 아니면 여름내 완성한 시화를 전부 다시 해야 할 판이었다. 학기도 이미 시작된 터라 그럴 시간적 여유도 없었다.

결국 나는 시화의 글씨를 바꾸지 않은 채 허가를 받아냈다. 우리 시화전은 학생관에서 열렸으며, 학생들이 모이는 곳이다 보니 관객도 많았다. 학생들은 시를 베껴가는 등 큰 관심을 보였다.

그때 이후 한동안 교내에서 시화전이 인기를 끌었다. 국문과에서 학생이나 졸업생, 교수들의 시를 미술과에 보내면 역시 미술과 학생이나 졸업생, 교수들이 시화를 준비했다. 내가 시화를 시작했기 때문에 특별히 나를 찾아와서 자기 시에 그림을 그려달라고 청하는 이들도 있었다. 이미 내가 대학을 졸업하고 직장에 다니던 시기였다. 그 후 나는 미국으로 떠났기 때문에, 교내 시화전이 얼마나 지속되었는지는 모른다.

나는 시화전에 이어 다음으로 개인전을 준비했다. 이번엔 시 없이 유화와 스케치 등의 작품을 준비해서 다시 학생처에 들고 갔다. 학생이

•

(왼쪽 위 시계 방향으로)

깍지 낀 팔 Arms Folded

Transfer drawing, 41×33cm, 1995

부끄러움 Shyness

Pastel drawing, 61×48cm, 1984

나목 Naked Trees

Charcoal sketch, 30.5×23cm, 1996

자화상 Self-portrait

Pastel drawing, 41×30.5cm, 1965

과외 활동을 하면 학교 측에서 적극 지원해 줘야 옳다고 생각했지만 현실은 달랐다. 나를 대하는 학생처장의 반응은 "이 학생은 왜 이렇게 말썽이야?"라고 꾸짖는 듯했다. 그래도 승인을 받기는 했다. 재학생이 교내에서 개인전을 한 경우는 내가 처음이었던 모양이다.

그런데 부모님께는 개인전에 관해서 말씀드리지 않았다. 아마도 미술을 전공하는 걸 반대하신 아버지께 대한 반항심이 작용하지 않았나 싶다. 그 시기에 아버지는 서울대 의대에 재직하셨고 1주일에 한 번 이화여대에서도 강의를 하셨다. 이화여대에 재직하시던 어떤 교수님을 통해 "순정이 개인전이 있었는데 좋았다"는 소식을 들으셨으나 전시회는 이미 끝난 후였다. 아버지가 딸의 개인전도 모르고 있었다는 사실이 자랑스럽진 않으셨을 것이다.

부모님 세대에서는 미술을 공부한 여성들의 생애가 대체로 비참했기 때문에 혹시나 딸도 그런 삶을 살까 봐 걱정하셨던 모양이다. 그리고 아버지는 그림 그리는 일을 장난 정도로 생각하셨으나 내가 졸업 후 취직도 하고 작가로서도 활동하게 되자 그제야 인정을 해주셨다. 그 후로는 미국에서 전시회 개막 때마다 부모님이 빠짐없이 참석해 주셨다.

대학을 나와 직장을 구하던 시기에 마침 미국문화원 출판과에서 처음으로 미대 졸업생을 뽑게 되었다. 이화여대와 서울대 미대에서 영어를 할 수 있는 졸업생을 각각 추천받아, 서로 다른 시기에 1주일간 실무를 시켜본 뒤 한 명을 뽑는다는 것이다. 이화여대에서는 서양화과

이수재 교수님이 나를 추천해 주셨다. 기회는 반반이었다. 초조한 기다림 끝에 드디어 내가 선택되었다.

미국 기관이라 취직 전 신원 조회가 엄격했다. 보안과에서 나의 신원보증인으로 국문과 윤원호 교수님을 찾아갔을 때, 윤 교수님이 나의 교내 시화전 사진을 보여주시며 "이 학생은 문예에도 재능을 보여 문과로 오기를 바랐지만 그림에 열중해서 그냥 두었다"고 말씀하셨단다. 내 신원 조회를 맡았던 사람이 나중에 말해 줘서 알게 된 사실이다. 재학 중에 가졌던 작은 시화전이 큰 영향을 미친 셈이다.

21초에 이루어지는 판화

어떤 동료 판화가가 내게 모노타이프(monotype)* 를 하나 완성하는 데 시간이 얼마나 걸리는지 물은 적이 있다. 나는 "21초 걸린다"고 답했다. 미시간에서 내가 가지고 있던 판화기는 전기 작동 버튼을 누르면 자동으로 돌아가는 육중한 장치였다. 판화를 찍는 시간이 21초란 말은 억설이며, 판화기를 작동시키기 위해 스위치를 누르고 있으면 베드(바닥의 판)가 한쪽 끝에서 다른 쪽 끝까지 '지잉' 소리를 내며 움직이는 데 21초 걸린다는 뜻이다.

그러나 모노타이프 작업을 시작하기 전에 이미 많은 준비와 시간이

* 평평한 판 위에 유화물감이나 잉크로 그림을 그린 후 종이를 덮어 찍어내는 판화로, 한 장밖에 얻지 못함. 판화와 회화의 중간 형태. '모노타입'이라고도 함.

•
남은 계절 2 Remnant of a Season 2
Monoprint, 56×76cm, 1998

필요하다. 필요한 여러 가지 잉크를 기름과 섞어 잘 갠 뒤 병에 담고 굳지 않도록 뚜껑을 닫아 보관해야 하며, 영상으로 쓸 재료도 미리 준비해 둬야 한다.

종이를 스텐실(stencil)*로 쓸 경우에는 다양한 형태와 크기로 준비하며, 때로는 가위로 잘라 선명한 선을 내거나 손으로 종이를 찢어 자연스런 곡선을 낸다. 종이 이외에 레이스, 도일리(doily), 그물, 실이나 천도 사용하며 나뭇잎이나 꽃잎 등을 미리 책갈피에 넣어 말려두기도 한다. 판도 여러 개 준비하고 판화지는 다량으로 구입해 둔다. 이때 판으

* 글자나 무늬, 그림 따위의 모양을 오려 낸 후, 그 구멍에 물감을 넣어 그림을 찍는 기법.

단풍잎 Fall Leaves
Softground Intaglio, Aquatint, Collagraph, 46×61cm, 1985

로는 약 1.5센티 두께의 플렉시글라스(plexiglass)를 주로 사용하는데, 사방의 날카로운 면을 깎아 판화기에서 압력이 가해졌을 때 종이가 찢어지지 않도록 한다.

내가 시도하는 모노타이프 판화에서는 다른 판화처럼 정확한 계산과 답이 없다. 결과를 미리 알 도리가 없기 때문에 내가 표현하고 싶은 방향을 향해 나갈 뿐이다. 같은 크기의 판 두 개를 사용하여 다른 색으로 2중 혹은 3중 중복해서 찍을 수도 있다. 잉크는 큰 롤러로 판에 옮기는데, 나는 레인보우롤(rainbow roll)을 즐겨 사용해 왔다. 레인보우롤이란 같은 롤러에 여러 가지 색을 나란히 사용하는 방법을 말한다.

판에 잉크를 옮기기 위해서는 먼저 롤러보다 큰 플렉시글라스를 테이블 위에 단단히 고정시킨다. 그러고 나서 팔레트 나이프로 잉크를 덜어 테이블 위의 판에 옮기고 칼국수 밀듯 롤러에 색이 골고루 묻도록 방망이질한 다음, 같은 방식으로 원판에 잉크를 옮긴다. 이때 잉크에 줄이 나지 않도록 주의한다. 잉크를 입힌 원판을 판화기 베드에 놓고 여기서부터 형태의 나열이 시작된다. 준비가 끝나면 판화기의 압력을 조절하고 판화지를 준비된 원판 위에 조심스레 놓은 뒤 담요로 덮는다. 기계가 가동할 때 모든 것이 순조롭게 이루어지기를 마음속으로 빈다.

숨 가쁜 21초 사이에 작품이 이루어지거나 실패하거나 둘 중 하나다. 모든 조건이 잘 맞아야 한다. 잉크에 기름 함유량이 많거나 잉크가 너무 많이 발라져서 판이 밀리기도 하고, 잉크가 너무 적어도 문제가 된다. 압력이 고르지 못하면 한편은 색이 깨끗하고 다른 한편은 눈이 오기도 한다. 종이가 구겨지거나 찢기고 미끄러지기도 하며, 올려놓은 물체가 자석에 의해 접히거나 움직이는 일도 자주 일어난다. 색이 곱게 먹지 않은 부분은 질감으로 살리기도 하고, 의도치 않은 사고는 사고대로 특이한 결과를 가져다준다. 그런 결과가 때로 축복이 될 수도 있다.

모든 조건이 갖춰지면 21초 후에 종이를 열어볼 때 기대와 흥분으로

정원의 고사리 Garden Fern
Monoprint, 56×76cm, 1996

설레게 마련이다. 그 희열은 이런 판화 작업을 하는 사람만이 느낄 수 있다. 특히 모노타이프 판화는 매번 다른 결과물이 나타나기 때문에 결과가 좋건 나쁘건 종이 위에 옮겨진 영상을 볼 때마다 신기하다. 그림의 경우 내 눈으로 계속 보며 그리기 때문에 완성작에서 갑자기 기대하지 않은 영상이 나타나는 일은 없다. 반면 판화는 어떤 기법을 사용하거나 종이에 찍혀나오는 영상을 순간적으로 보게 되므로 경이로운 것이다.

내가 메릴랜드 대학에서 판화를 공부하던 때의 일이다. 판화 스튜디오에서는 서로의 작품을 살펴보곤 하는데, 한번은 내가 캔버스에 만든 영상을 프린트해서 옆에 놓은 채 작업을 하고 있었다. 그랬더니 지나가던 누군가가 언제 그것을 프린트할 것인지 물었고, 나는 "이것이 프

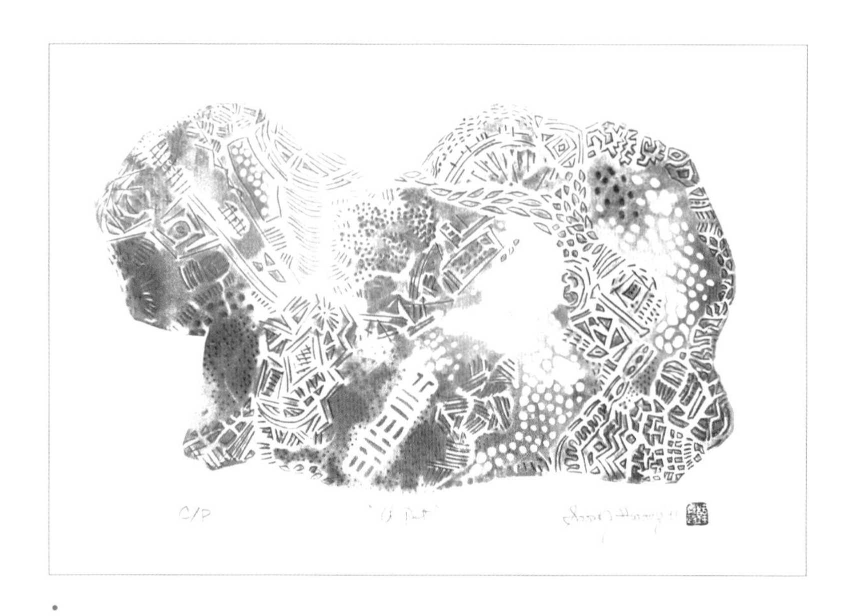

•
반려동물 A Pet
Foil print, 8×23cm, 1991

린트"라고 답했다. 이처럼 원판과 프린트가 별로 다르지 않았다.

이런 과정을 한 번 거치고 나면 판화를 말려서 두 번째 판을 준비하게 된다. 그런데 이 과정은 더 많은 생각과 연구를 요한다. 작품 하나가 21초 사이에 이루어진다고 해서 생각처럼 쉬운 건 아니다. 때로는 다음 단계를 어떻게 처리할 것이냐를 두고 몇 날 며칠, 심하면 몇 해를 고민하기도 한다. 많으면 세 번까지 이런 과정을 반복하여 하나의 모노타이프 판화를 완성한다.

판화기를 한 번 가동시켜 완성되는 작품도 있지만 대체로 두 번 내지 세 번을 거쳐 완성되며, 이 완성작은 깊이와 다양한 색채를 가진다. 그러나 너무 많은 색과 복잡한 형태로 탁해질 수 있으므로 신선도를 유지하도록 노력해야 한다.

나는 유화를 그리는 동안 오래 걸려 완성한 작품을 대하면 마치 내 자식처럼 애착이 생겼다. 그 작품이 내 손을 떠날 때면 딸을 시집보내는 부모 심정이 되어 매우 허탈했다. 그래서 판화를 택했다. 판화에서도 여러 가지 기법을 시도해 보았다. 각 기법마다 장단점이 있지만, 어쨌든 일단 판이 완성되면 한정된 수량으로 에디션(edition)*을 하게 된다. 에디션이란 같은 판으로 몇 장을 복제하느냐를 말한다.

에디션의 수가 많아질수록 똑같은 판에 여러 번 잉크를 바르고 필요 없는 부분을 닦아내는 과정을 반복해야 한다. 프린트를 하는 방법은 어떤 기법을 쓰느냐에 따라 각기 달라도 동일한 작업을 반복하는 것은 괴롭다. 결국 나는 같은 영상 이미지를 하나밖에 만들 수 없는 모노타이프 판화를 선택해서 다람쥐 쳇바퀴를 돌게 되었다. 실패작은 잘라서 종이엮기 작품에 사용하고 있으니 결과적으로 큰 손실이나 허비는 없다.

판화 작가들의 기법은 각자 다르고 날로 발전해 가는 중이다. 판화가가 어떤 기법을 사용했는지 가늠하기는 점점 더 힘들어지고 있다.

---

* 이를 가리켜 '리미티드 에디션(limited-edition)'이라 하며, 이는 '한정판'을 찍는다는 의미다.

나 만 의 종 이 엮 기

나는 종이엮기(미국에서는 '페이퍼위빙'이라고 부른다) 공예를 초등학교 1학년 때 처음 배웠다. 공작용 종이를 반으로 접은 뒤, 접은 곳에서 가위로 일정한 간격을 줄지어 잘라주되 끝은 남겨둔다. 다른 한 장의 종이는 길게 줄줄이 잘라 먼저 가위질한 종이에 바구니 짜듯 엮어가는 공예다. 그 당시에는 너무 쉽고 재미도 없었다.

그런데 내가 어른이 되어 볼티모어의 한 한글학교에서 미술을 가르칠 때 학생들에게 여러 가지 체험을 시키던 중 종이엮기 공예가 생각났다. 그래서 그 견본을 만들기로 했다. 몇 가지 다른 방식을 시도하다 보니, 학생들만 가르칠 게 아니라 내 작품을 이런 식으로 해도 좋은 결과가 나올 것 같았다.

미시간으로 이사한 후 종이엮기 방식의 작품을 본격적으로 만들기

바람 Wind
Monoprint/Weaving, 30.5×46cm, 2011

시작했고, 1년 후에는 캐나다 토론토에서 진명여고 후배들과 함께 동인전을 하게 되었다. 이때 나만의 종이엮기 작품을 처음으로 세상에 선보였다. 시카고에서 누군가의 종이엮기 작품을 본 적이 있지만 내 방식과는 전혀 달랐다. 동인전에 온 사람들이 이구동성으로 이런 작품은 처음 본다고 말했다. 이렇게 시작해서 나는 미시간에 사는 동안 무수한 종이엮기 작품을 제작했다.

처음에 원화를 선택한다. 나는 주로 판화를 원화로 사용하지만 수채화나 파스텔화 등을 사용할 때도 있다. 원화가 좋으면 완성된 작품도

•
백두산 호랑이 Tiger of BackDooSan
Print/Weaving, 43×35.5cm, 2016

잘될 확률이 높다. 원화를 커팅 매트 위에 엎어놓은 후, 원화의 가장자리를 5센티 정도 남겨놓고 가운데만 공예칼로 한쪽 끝에서 다른 쪽 끝까지 칼집을 가지런히 낸다. 그리고 다른 종이를 하나 건너씩 엮어나간다.

원화가 소품일 경우에는 쉽고 빨리 끝나지만 사이즈가 커질수록 작업도 복잡하고 힘들어진다. 원화가 클 때는 벽에 붙여놓고 위에서부터

조약돌과 잔디의 교차 Pebbles & Grass
Photograph/Weaving, 20×25cm, 2018

칼집을 조금씩만 내어 엮기 시작한다. 한 번에 칼집을 다 내면 중력 때문에 종이가 아래로 흘러내려서 작업하기 어렵다.

엮기가 완성되면 끼운 종이의 끝을 핫글루건(hot glue gun)으로 부착시켜야 한다. 아니면 나중에 늘어지기 때문이다. 처음에는 테이프로도 고정시켜 보았는데, 영구적인 접착제가 아니라서 떨어지거나 색이 노랗게 변했다. 혹시 테이프를 뜯어야 할 경우에는 종이의 채색까지 뜯겨 손실된 부분이 흉했다. 핫글루건으로 부착시킨 부분을 떼고 싶을 때는 얇은 종이를 덮고 뜨거운 다리미로 다림질해서 떼면 편리하다.

어떤 작업을 하든 구도와 명암, 그리고 색상과 질감은 당연히 중요한 요소다. 씨실과 날실을 엮어서 작품을 만들지만 때로는 그 법칙을 지킬 수 없거나 다른 해결책이 필요한 경우가 생긴다. 그럴 때면 특별한 방도를 찾아야 한다. 주로 직선과 직선, 직선과 곡선을 교차시켜 작업하는데, 곡선과 곡선의 교차는 강한 율동적 효과를 만들 수 있다. 여하튼 이러한 방식의 작품은 결과적으로 명암과 색의 전쟁이 된다.

미시간에서 내가 종이엮기 작품을 많이 발표한 뒤 그런 방식을 흉내 내는 사람들이 생겼다. 그것을 보고 온 동료 화가들이 내게 말해 줘서 알게 되었다. 미시간에 BSWP(버밍햄 여류화가협회)라는 역사 깊은 동호회가 있는데, 노인층이 대부분이었고 특히 동양인은 나 한 사람뿐이었다. 동호회 회원들은 자신들이 노인이라는 데 신경 쓰지 않고 활발히 활동했다. 그 울타리 속에서 나는 편안하게 활동할 수 있었고, 동료들은 나만의 종이엮기 기법을 존중해 주었다.

민 속 공 예 와
종 이 접 기

나는 유화, 수채화, 판화, 종이엮기 외에도 하는 작업이 많다. 스테인드글라스도 하고 디트로이트 세종학교에서 학생들을 가르치기 위해 한국 민속공예, 바느질 등에도 많은 시간을 써왔다. 거기에 무엇을 더 가미하고 싶은 생각은 없었다. 그런데 친정어머니는 중국 친구로부터 배우신 '종이접기(paper craft)'를 내게 가르쳐주고 싶어하셨다.

어느 날 내가 친정에 갔을 때, 어머니는 나를 잡아 앉히시고는 따라 접으라고 하셨다. 반 강요였지만 배우는 수밖에 없었다. 나는 종이접기의 기본과 '백조' 조립법을 배우고 집으로 돌아왔다. 한번 열병이 체내에 들어오면 앓아야 낫는 법이다. 어머니는 원래 배우신 대로 백조를 흰 종이로 만드셨지만, 나는 크고 작은 백조를 색종이로 만들며 재미가 붙었다. 그러자 직접 형태를 고안해서 여러 동물과 한복 입은 사람들도 만들게 되었다.

작품과 공예는 심리적으로 상반되는 작업이어서, 바꾸게 될 때마다 전전긍긍했다. 종이접기의 경우에도 '이 일을 계속해야만 하는가?'라는 질문이 내 마음에서 떠나지 않았다.

디트로이트 세종학교에서 종이공예로 모금 운동을 하자는 제안을 받고도 처음엔 내키지 않았다. 그러나 추진하기로 결정한 뒤에는 개인 작품도 뒷전에 두고 자나 깨나 종이접기에 열중했다. 그 결과 2002년에는 1천2백 달러의 기금을 모을 수 있었다. 다만 손을 많이 쓰다 보니 왼쪽 엄지 마디가 붓고 아팠다. 의사는 반복적인 동작을 너무 오래 해서 그렇다며 반년 정도 지나면 나을 것이라 했는데 1년이 넘어서야 나았다.

이 종이접기는 다른 말로 '조립식 종이공예(modular paper craft)' 또는 '골든벤처(Golden Venture)'라고도 부른다. 이 공예를 하려면 우선 종이를 1 대 2 비율로 잘라서 삼각형을 만들어야 한다. 그렇게 수없이 많은 삼각형을 접어서 조립하는 공예로, 손이 많이 가고 시간도 많이 든다. 일본식 종이접기인 '오리가미'의 경우에는 종이 한 장을 가지고 형태를 만든다는 점에서 다르다.

이 조립식 종이공예는 중국에서 시작되었다. 어떤 중국계 사람들이 동님아로 이주를 했는데, 이 종이공예로 생계를 이으면서 그들에 의해 널리 퍼졌다고 한다. 그로부터 오랜 후에 또 다른 중국인들이 미국으로 밀항을 하려다가 미 동부 해안에서 배가 좌초되어 밀입국에 실패했다. 그래서 이민 관리국 감방에 갇혀 얼마를 살았다고 한다. 그런데 그들 중 누군가가 종이로 희한한 공예 작품을 만들어 눈길을 끌었고, 이 얘기가 당시 클린턴 대통령의 귀에 들어가 사면을 받았다는 일화가 있다. 그 밀항자들이 타고 온 배의 이름이 '골든벤처'다.

한국 탈춤 Korean Mask Dance
Paper craft, (h)16.5~18.5cm, 2018

이런 종이접기를 하는 사람은 세계 각국에 널려 있는 듯하다. 그러나 대부분 백조나 바구니 등 제한된 형태만 만들고 있다. 중국에서 출판된 종이접기 관련 책자를 본 적이 있는데, 예술가가 고안한 것이 아니어서 그런지 색상이나 형태가 예술적이지 않았다.

내가 고안해 낸 여러 종류의 동물이나 사람 형태를 본 사람들은 종이접기에 많은 관심을 표했다. 그 덕분에 나는 워싱턴 인근에서 이 종이공예로 동인전에 참여하기도 했다.

여러 해가 지난 지금, 나는 팔순이 넘어서도 여전히 종이접기로 다양한 형태를 만들어내고 있다. 젊은 시절 작품과 공예 사이에 느꼈던 괴리감에서 벗어나니 종이를 접는 손길도 한결 가볍다. 집에 놀러온 친

•

기수들 Horsemen

Paper craft,

(h)25.4~36.8cm, 2013~2014

척들이나 친구들에게 원하는 종이접기 작품을 선물하는 것도 큰 즐거움 중 하나다. 종이접기를 하다 보면 어머니 생각을 자주 하게 된다. 어머니는 내 고안 중에 닭을 배우고 싶어하셨는데 시간이 충분치 않아서 잘 가르쳐드리지 못해 죄송스럽다.

출판물로 이어진 인연

디트로이트 세종학교에서 한국 문화를 가르치게 되었을 때다. 1980년대만 해도 아직 인터넷이나 컴퓨터가 널리 보급되지 않아 지금처럼 교육 자료를 구하기가 쉽지 않았다. 무엇을 어떻게 가르칠 것인지는 전적으로 내 역량에 맡겨졌다. 한국 역사를 시작으로 여기저기서 자료를 찾아 헤맸다. 부족한 자료 때문에 미리 교과 과정을 기획할 수도 없었으나 매 시간 나름대로 모은 자료를 프린트하여 학생들에게 나누어주었다.

첫 번째로 나는 한국의 탈을 고안하여 학생들에게 종이로 만들도록 했다. 그 시도는 적중했고 학생들은 학기 말 학예회에서 자기가 만든 탈을 쓰고 탈춤을 추었다. 그 후에도 나는 새로운 품목을 고안했는데, 학생들의 반응이 뜨거워서 강의는 그만두고 매주 공예만 하자는 제안

•
배경 Back Drop
Mixed media/Weaving, 195.5×122cm, 1996

이 들어올 정도였다. 어떤 학생은 "나는 한글학교에 가기 너무 싫었는데 이제는 문화 시간이 재미있어서 기다려진다"고도 했다. 이처럼 직접 한국적인 공예를 만들어 간직하고, 관련된 역사를 배우는 것은 중요하다.

폐품이나 쉽게 구할 수 있는 재료로 새로운 공예를 만들었는데, 2년의 세월이 흐르면서 품목도 쌓여갔다. 학생들을 가르치기 위해 준비한 한국 민속공예 자료들은 내 노력과 정성의 결정체라 할 수 있다. 나는 컴퓨터로 민속공예 설명서를 작성하고 직접 삽화와 다이어그램을 그려서 《한국 민속공예(Korean Culture Crafts)》라는 책을 출판하기도 했다.

이 책은 미주 지역 한글학교나 소수 미국 학교에서도 교재로 사용되었다. 세종학교에 바친 내 봉사는 봉사에 그치지 않고 보너스를 가져다준 셈이다. 미국 한글학교협의회 학술 대회에서 처음 내 자료와 책자가 전시됐을 때 다른 교사들이 사가면서 고마워했다. 교육 자료를 대신 제공해 주었기 때문이다. 후에 다른 학교에서 만든 품목들까지 한데 모아 좀 더 알찬 책자를 만들어보고 싶었으나 캘리포니아로 이사 오면서 한글학교와의 인연은 끝이 났다.

인공 달과 버선 2
Mechanical Moon & Posun 2
Collagraph, Monoprint, 63.5×48cm, 1993

그러나 책을 영문으로 썼기 때문에 몇몇 미국 학교 교사들도 이 책을 구입해 갔다. 그중 한 명이 엘리자베스 팜로이였다. 미네소타에는 한국 입양아가 많고 그들을 위해 여름 캠프가 열리는데, 그곳의 미국인 교사 팜로이가 내 책을 구입한 것이다. 그리고 나에게 뜻밖의 다리를 놓아주었다. 자기 사촌이《하늘나라에서(In the Land Beyond Living)》란 동화를 썼는데, 그림 그려줄 화가를 찾는다는 것이다. 그림을 그리기로 합의하여 저자 마이클 레스만으로부터 원고를 받았다.

나는 동화 내용을 꼼꼼히 읽고 그림에 착수했다. 전에도 동화책 그림을 수채화로 그려본 적이 있지만, 이번 원고는 사실적인 내용이 아니어서 좀 더 새로운 방향에서 구상을 하게 되었다. 저자는 한국에서 두 딸을 입양한 아버지이자 작업치료사로서 '장애아'에 대한 글을 쓰게 되었다고 한다. 동화는 태어나지 않은 장애아의 영혼과 신의 대화로 이루어져 있다. 너무나 측은하면서도 아름다운 대화다. 누구도 줄 수 없는 답을 시도해 본 것일까?

시화 작업을 하다 보면 어떤 시인의 시에는 시각적인 요소가 많아서 그림으로 표현하기 쉽다. 때로는 시어(詩語) 하나로 그림을 완성한 적도 있다. 한편 어떤 시에는 시각적인 힌트라고는 없어서 추상으로 처리할 수밖에 없었다.

동화《하늘나라에서》의 경우 '장애가 있는 태아'와 모태(母胎)라는 요소를 중심으로 풀어나갔으며, 기법에서는 수채화로 시작해서 판화와 종이엮기 등 세 가지를 사용했다. 실험적인 주제에 맞춰 한 권의 책 안에서 다양한 기법을 시도해 본 것이다. 저자는 일부러 한국인인 나의 그림을 택하고 한영 이중 언어로 출간하는 등 한국적인 면을 보여주고 싶었던 듯하다. 그러나 아쉽게도 한국에서는 출간되지 않았다.

그로부터 몇 년이 지난 어느 날, 출판사 편집장으로부터 한 통의 이메일이 왔다. 중앙아메리카에 있는 작은 나라 벨리즈의 최북단 코로잘에서 '독서주간' 행사가 열렸는데, 그곳 한글학교에서 견학 온 학생들 중 한 명이 이 책을 사갔다는 것이다. 선생님께 돈까지 빌려 사갔으니 이것은 특별한 한 권의 책이라고 했다. 책에 한글이 함께 씌어 있어서 모두들 놀랐다는 얘기와 함께.

팔린 책 한 권으로 잊었던 일에 다시 파문이 일었다.

세 모녀
전시회

친정어머니는 인물 좋고 재주도 많고 총명하셨다. 초등학교도 들어가기 전 어린 나이에 천자문을 떼고 떡 잔치를 하셨다는 얘기도 들었다. 외할아버지는 스승을 집에 두시어 자손들에게 어려서부터 한문과 서예를 가르치셨고, 그 덕분에 어머니도 아주 일찍부터 붓글씨와 난초를 배우셨다. 어머니가 초등학교 때 방학숙제로 서예를 해갔는데 너무 잘 쓰셔서, 선생님은 누가 써준 것이라며 보는 앞에서 다시 써보라고 하셨다는 일화도 있다.

외할아버지는 자손들에게 공부를 가르치긴 하셨으나 새로운 시대는 인식하지 못하신 것 같다. 집안에 3대째 딸이 없다가 처음으로 태어난 어머니를 총애하셨지만 당시는 딸이 공부를 많이 하면 팔자가 사납다고 하던 때라서, 큰딸인 어머니께는 학교교육을 많이 시키지 않으셨다.

모국의 난초 Orchid of Motherland
Mixed media/Weaving in 3-D, 48×63.5cm, 1993

후에 태어난 이모들은 고등교육을 받았으나 어머니는 당신만 고등교육을 받지 못했다며 아쉬워하셨다. 어머니는 젊어서 그린 난초로 국전에 입선하셨는데, 우리 세대에 태어나셨으면 틀림없이 미술을 전공하셨을 것이다.

나는 어려서 어머니가 서예를 잘하시는 줄도 몰랐다. 어머니는 자녀 다섯을 키우시고 시집살이에 전쟁까지 겪느라 붓 한 번 잡을 겨를이 없으셨다. 그리고 아버지가 1957년 미국에 건너가셨을 때부터, 또 세계보건기구 의사가 되어 아프리카에서 봉사하셨을 때도 함께 가셨다.

어머니는 자녀들이 다 자란 후에 다시 붓을 들어 서예를 시작하셨다. 아버지는 어머니의 예술 수업을 기꺼이 후원해 주시다가 2001년에 세상을 떠나셨다. 어머니는 미술을 전공한 두 딸, 즉 우리 자매와 함께 전시회를 열고 싶어하셨고 우리 역시 기회를 보고 있었다.

어머니 구순 생신에 맞춰 '세 모녀 전시회'를 개막하기로 결정이 되었고, 어머니는 출품 작품을 제작하며 즐거운 나날을 보내셨다. 한편 우리 자매도 작품을 준비했다. 나는 오랫동안 판화와 종이엮기 작업에 빠져 있다가 캘리포니아로 이사한 뒤 강한 햇볕과 서부의 풍경에 자극을 받아 다시 유화를 시작한 상태였다. 그래서 〈그랜드캐니언〉 연작 등이 시기의 유화 작품들을 출품했다. 여동생은 메릴랜드 대학에서 조각으로 학사를 마치고, 같은 학교에서 석사 과정을 밟으며 도예도 공부했다. 그러다 보니 도예조각 기법으로 작품을 준비했다.

세 모녀 전시회라고 하면 작품에서도 상호 연결이 있을 것으로 생각되지만 세 사람의 작품은 완전히 다른 미디엄(medium)으로 시작된다. 어머니가 서예를 통해 전통적인 한국의 미를 추구하셨다면, 내 유화에는 서구적인 기법과 감각이 담겨 있다. 또 여동생의 조각은 성서에서 주제를 가져왔으며, 현대적 감각의 특이한 작품이다. 이렇게 세 사람은 '모녀'라는 관계를 제외하면 기교와 예술성 면에서 완전히 다른 세계를 선보였다. 2차원으로 된 서예나 그림들은 벽에 걸었고 여동생의 조각 작품은 그림 사이에 배치했다. 한 전시회에 여러 가지 작품이 어우

러진 것이다.

2006년 10월 21일, 버지니아 주 매클린에 위치한 데가 화랑에서 어머니의 염원이던 세 모녀 전시회가 개막되었다. 그날 어머니는 미용실에서 머리도 예쁘게 하시고 고운 연분홍색 한복을 입으셨으며, 세상을 다 얻으신 듯 기뻐하셨다.

한국에서부터 와주신 이모님을 비롯하여 미국 및 캐나다에서도 많은 친척과 친지들이 불원천리하고 찾아와주셔서 감사했다. 관람객들의 축하와 격려 속에서 어머니는 그날의 여왕이셨고 긴 인생을 연마한 예술가셨다. 저녁에는 팰리스 식당에서 또 한 번 큰 잔치가 벌어졌으며, 제부가 준비한 가족 슬라이드 쇼도 인상적이었다. 서부에서 외롭게 지내던 나는 모처럼 가족들과 친지들 속에서 마냥 즐거웠다.

•
브라이스캐니언 Bryce Canyon
Oil on canvas, 122×152cm, 2006

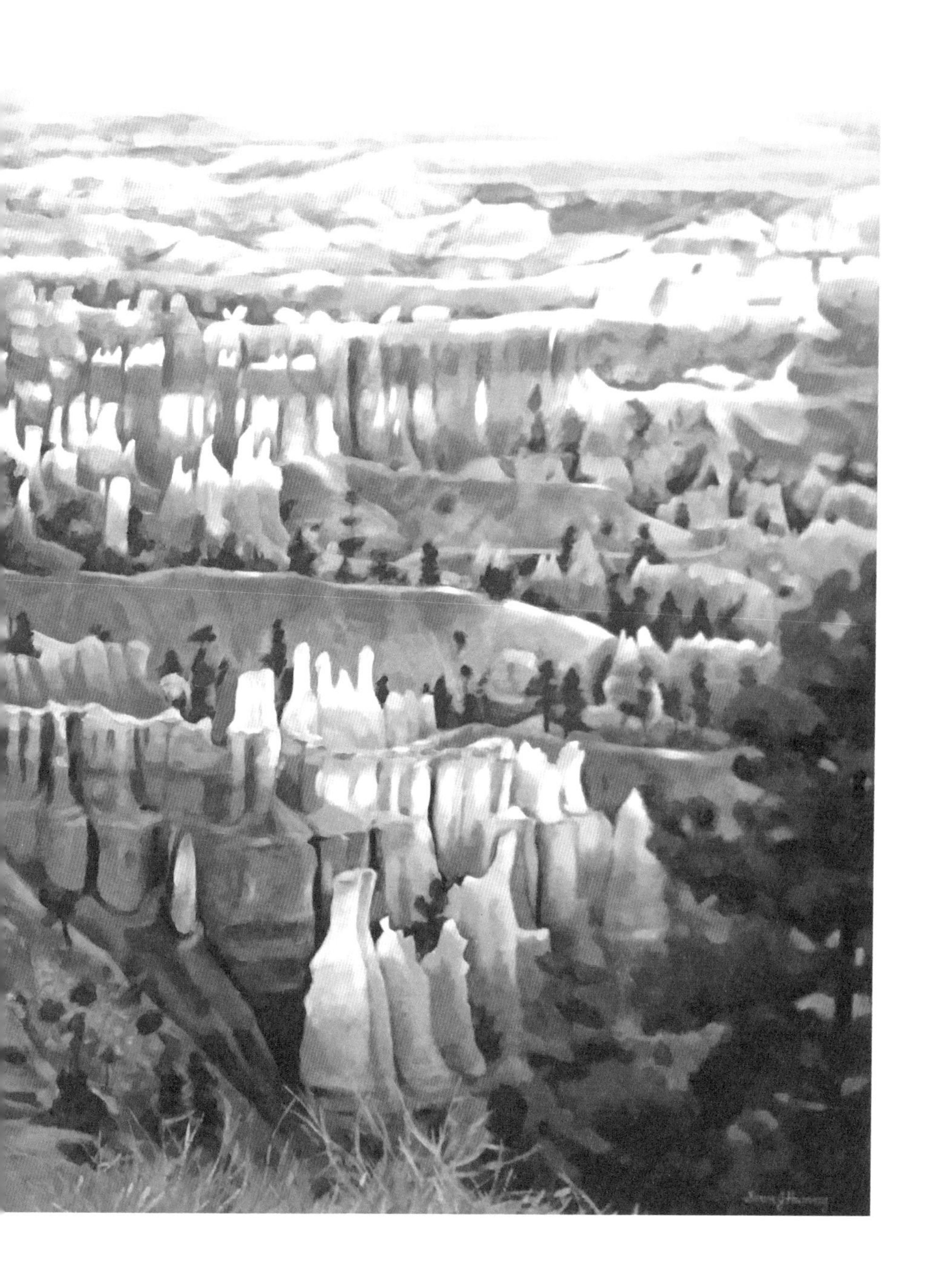

한국적 환상과 율동의 세계로 이끄는 대문

전시회 평

배옥경_전 타우슨 주립대 미술사 교수

한순정 작가의 최근 작품들은 모노타이프 판화들이며, 또 그것을 잘라서 짠 '종이엮기(페이퍼위빙)' 작품들이다. 과거의 여러 가지 양식적 요소들이 더욱 조화를 이루었을 뿐 아니라 또 한 걸음 나아가서 뚜렷하게 새로운 경지를 개척하였다고 볼 수 있다.

예를 들면, 한국 집의 대문, 동양적 부채형을 쓴 구성, 삼국시대의 기와 문양, 고려자기의 색과 도안 등등, 한국적 조형 요소를 쓰되 모든 형상을 가위로 잘라 재구성함으로써 초현실적인 표현을 이루었다고 본다. 이러한 분석적이면서도 환상적인 세계는 구(舊)소련에서 태어나 프랑스에서 살았던 샤갈(Chagall)의 그림에서 가끔 볼 수 있다.

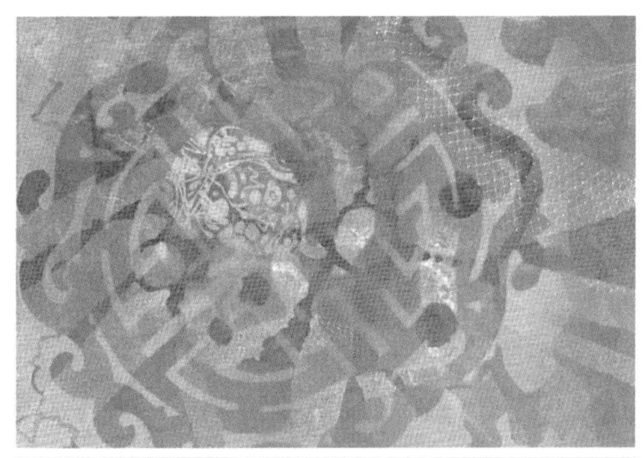

내적인 느낌 Inner Feeling
Monoprint, 74×84cm, 1991
한글 시리즈 4 Hangul Series 4
Monoprint, 48×63.5cm, 1991

그러나 한순정 작가의 세계는 어디까지나 한국인의 이상적인 세계이며 향수에 찬 꿈이다. 또 한국의 고유한 색감이 특히 눈에 뜨인다. 은은한 고려청자의 색채로 시작하여 화려한 색동저고리와 치마, 숨 가쁠 정도로 휭휭 도는 농악 춤과 꽹과리의 율동감 등을 사실적 형상을 떠나 더 높은 차원에서의 추상적 표현으로 처리함에 따라 조형적 성과를 이루었다.

이러한 율동적 인상은 특히 여러 색과 곡선을 쓴 종이엮기에서 볼 수 있다. 20세기 초 이탈리아에서 활약하던 미래파 화가들은 입체파적 조각보 같은 형상에다 간혹 글자를 써넣음으로써 춤을 춘다든지 하는 율동적 표현을 하였다. 이러한 구라파 그림에 비하여, 한순정 작가의 그림들은 더욱 서정적이고 이상적인 분위기의 인상을 준다. 특히 〈내적인 느낌(Inner Feeling)〉, 〈문 시리즈 8(Gate Series 8)〉과 〈한글 시리즈(Hangul Series)〉에는 한글 붓글씨(작가 어머니의 붓글씨)가 효과적으로 섞여 있다.

바쁜 그날그날 생활을 떠나서 마치 '한국적 환상과 율동의 세계로 이끄는 대문'을 열듯, 나는 고유한 그림의 감상을 더 많은 이들과 함께 나누고 싶다.

편집자 주 | 이 글은 1990년 미국 메릴랜드 주 포토맥에서 열린 '한순정 개인전(Prints & Weavings)' 관련 전시평이다.

자 화 상

땅이

까맣게

내려다보이는 곳에서

팽팽한 시간을 타는

나는 곡예사

외로운 발자국 속에

잿빛 바람은 소리 내어 울고

고난의 줄을 타는

인생의 곡예사

서투른 솜씨에 지친

걸음 달래가며

구름 속을 헤매

안개를 잡는다

비바람이 자는 어느 날에

무지개를 타보고 싶어

나는 곡예사

•

자화상 Self-portrait

Collagraph/Weaving, 41×33cm, 1994

Chapter 4

바람개비와 모빌

남겨진 바람개비들은 내가 병원과 집을 오가는 동안에도
여전히 꿋꿋하게 돌아가고 있었다.
바람개비의 끈질긴 생명력이 고맙고 가련했다.

미국 대륙횡단 이사

미시간이 유난히 춥고 눈도 많이 오던 2003년 봄, 우리 부부는 집을 팔고 따뜻한 캘리포니아로 이사하게 되었다. 짐을 잘 정리해서 이사할 계획이었으나 집이 너무 빨리 팔려버려서 그럴 시간이 없었다. 캘리포니아에서 살 집을 급히 계약하고 장거리 이사의 고통에 착수했다.

우리의 이사는 무려 닷새에 걸친 여정으로 이루어졌다. 북로를 택하여 아홉 개 주(州)를 통과했는데, 첫날부터 1시간씩 세 번에 걸쳐 시간대가 바뀌었다. 대륙횡단이 시작되면서 나의 육체적 피로는 휴가에 들어갔다. 남편이 계속 운전을 하고 나는 지도나 살폈기 때문이다. 언제 미국 대륙횡단을 해보나 싶었는데 기회가 온 것이다. 미시간 주를 횡단하는 데만 거의 4시간 걸렸고 그동안 우리는 여전히 미시간 주민이었다.

우리가 지나온 아홉 개 주 가운데 인디애나와 애리조나는 잠시 한 구석을 지나서 바로 다른 주로 들어갔다. 일리노이 평야의 풍경은 미시간이나 다를 바 없었다. 미 대륙의 곡창지대는 가도 가도 끝이 없는 듯했다. 일반적으로 녹색 주단이 끝없이 펼쳐지고 농가의 사일로(silo)가 그 단조로움을 깨뜨리는 정도였다. 일리노이 주와 아이오와 주의 경계를 이루는 것은 바로 미시시피 강으로, 생각했던 것보다 강폭이 넓었다. 동부에서 미시시피 강을 건너면 서부로 한 발 디딘 것이라고 한다. 아이오와 주의 녹색 주단은 주름이 좀 더 굴곡지고 이따금 나무나 강이 보여서 심심치 않다는 점 외에는 인근 주와 비슷했다.

우리는 첫날 저녁을 어디서 지낼까 하다가 아이오와시티로 결정했다. 바로 고속도로를 빠져나왔다 싶었는데 이미 아이오와 대학 교정에 들어서 있었다. 호텔에서 하룻밤 묵고 다음날에는 아이오와 대학 교수로 있는 후배 J를 만났다. 이사 준비로 정신이 없어 미리 연락도 못 했다가 혹시나 싶어 전화번호부를 찾아 연락했는데, J가 흔쾌히 호텔로 찾아와 우리를 자신의 집으로 안내했다. 우리가 메릴랜드 주에 살 때 집에 온 이후 30년 만에 처음 만난 것이다. 너무나 뜻밖의 만남이었던 만큼 재회의 기쁨도 컸다.

J의 집은 아늑한 숲속에 자리 잡고 있었다. 예술가의 집답게 소장품이 많아서 박물관을 방불케 했고 전망도 매우 아름다웠다. 소장품 중에 내가 고안한 종이접기 작품도 몇 개 있어서 놀랐는데, 미시간에 사는 J의 남동생을 통해 전해졌다고 한다. 우리는 며칠 쉬고 가라는 J의

•

브라이스캐니언의 적색 타워 Red Rock Towers in Bryce Canyon

Oil on canvas, 76×61cm, 2006

라구나비치의 몽타주 해변 Montage, Laguna Beach
Oil on canvas, 46×61cm, 2011

초청에도 응할 형편이 아니어서 식사 한 끼도 함께 못 하고 아쉽게 길을 떠났다.

미시간에서 점점 멀어질수록 두고 온 아들과 친구들이 생각나 서글퍼졌다. 17년 전에 워싱턴을 떠나 미시간으로 가던 때가 떠올랐다. 그때도 23년 살던 제2의 고향에 부모 형제를 남겨둔 채 가슴이 에이는 듯한 아픔을 안고 미시간으로 떠났기 때문이다. 오히려 처음 모국을 떠나 미국에 올 때는 워싱턴에서 나를 기다릴 남편과 친정 가족들을 만날 기대로 들떠 있었다.

미국에 와서 동부(워싱턴)에 정착했다가 중북부(미시간)로 이전했고, 이제 다시 서부(캘리포니아)로 이동하게 된 것이다. 은퇴한 남편이 추위를 피해 따뜻한 곳으로 가고 싶어했기 때문이다. 어머니와 동생들을 동부에 남긴 채 더 멀리 떠나는 일도 마음에 걸렸다.

이윽고 우리는 네브래스카 주를 횡단하여 로키산맥이 있는 콜로라도 주에 들어섰다. 내 생각엔 로키산맥이 있어 길도 경사져야 할 것 같은데 평야가 계속되어 의아했다. 그러다가 갑자기 높은 산이 눈앞에 나타났다.

우리는 남편의 전 직장 동료를 만나기 위해 콜로라도 주 덴버에서 한 번 더 정지했다. 그 동료와 함께 저녁을 먹으러 식당에 갔는데, 웨이터가 실수로 얼음이 든 큰 물컵을 내 무릎에 쏟았다. 다행히 냅킨이 두꺼웠고 내가 빨리 일어서서 옷은 젖지 않았다. 매니저가 와서 옷이 젖었으면 세탁해 주겠다고 말하며, 세상에 그렇게 빨리 일어나는 사람은 처음 봤다고 덧붙여서 모두 웃었다.

다음날 로키산맥을 지나는 동안 그 우람하고 기세등등한 산세에 감탄했다. 거기서 사진을 찍고 싶었으나 그때까지 사진에 신경 쓸 형편이 아니었다. 산 정상에 있는 잔설을 보고 그때가 이미 6월 말경이란 사실이 믿기지 않았다.

미국은 워낙 땅이 넓다 보니 곡창지대의 고속도로에서 주유소를 만나면 바로 주유를 해야 한다. 그렇지 않으면 기름이 떨어질 우려가 있

•
루이즈 호수의 반사
Reflections on
Lake Louise, Canada
Oil on canvas, 76×102cm, 2006

Song Hwang

다. 식당이나 모텔의 경우도 마찬가지여서, 오늘은 이쯤에서 자야겠다 싶으면 만났을 때 바로 들어가야 한다. 아니면 밤늦게까지 운전을 하게 된다.

네바다 주의 사막지대는 황량해 보였고 이따금 괴상하게 생긴 식물도 눈에 띄었다. 고속도로를 계속 달리다 보니 이번에는 요란한 건물들이 나타났다. 많은 사람들이 좋아하는 도시, 그러나 우리는 한 번도 가본 적이 없는 라스베이거스였다. 우리는 그렇게 '죄의 도시(Sin City)'를 스쳐 지나갔다.

네바다 주를 지나 드디어 '웰컴 투 캘리포니아(Welcome to California)'라는 간판이 나오자 나는 소리쳤다.

"집에 왔다!"

나는 캘리포니아에 여러 번 들렀지만 육로로는 처음이고 주민으로서도 처음이었다. 사람 심리란 게 묘해서, 대륙횡단이 반 이상 이루어지자 동부에 대한 미련보다는 서부에서 우리를 기다리는 친구들과 새 집에 속히 도착하고 싶은 심정이 되었다. 마치 사람의 마음이 자석이나 되듯 가까운 쪽으로 쏠렸던 것이다.

꿈을 기르는 정원

한국에서 사간동 한옥에 살던 시절 우리 집 마당에는 감나무, 전나무, 유도화 등의 나무와 옥잠화, 파초, 봉선화, 백일홍 등 화초가 많았다. 어느 해 감나무가 죽자 대신 대추나무를 심었던 기억이 난다. 추운 겨울이면 석류나무나 유도화가 얼지 않도록 방 안이나 지하실에 들여놓아야 했다. 그런데 이곳 남가주(캘리포니아 주 남부)에서는 각 정원마다 그런 유도화가 사철 자라며, 고속도로 변에도 많이 심어져 있다.

초등학생 때는 비오는 날에 친구들과 화초를 교환하던 추억도 떠오른다. 볕이 쨍쨍한 날 화초를 옮기면 말라버릴 위험이 있어서 안전하게 비오는 날을 택했던 것이다. 또 자하문 밖의 별장 '양한정'에는 담장 안쪽에 처마와 같은 높이로 등나무가 올려져 있었다. 어느 해 봄엔가 가보니 등나무 꽃이 흐드러지게 피어 포도송이처럼 매달려 있었고 매혹적인 향기로 가득했다. 그때의 장관이 아직도 눈앞에 생생하다.

나는 미국에 와서도 동부 메릴랜드에 살 때 집에 등나무를 심었다. 그러나 좋은 결과를 보기도 전에 이사를 해야 했다. 그 후 서부인 캘리포니아에 와서 조경 공사를 하면서 등나무를 올리기에 적합한 패티오(patio)와 패티오 덮개도 만들었다. 양한정에 있던 등나무 꽃은 연보라색으로, 여기서는 그런 종류를 '중국 등나무'라고 부른다.

동부와 서부의 자연을 비교할 때 재미있는 현상이 있다. 동부는 여름에 잔디가 녹색이고 겨울에는 얼어서 누렇게 변하는 반면, 서부는 겨울이 우기(雨期)이고 볕이 뜨겁지 않아 녹색을 유지하다가 강우량이 적은 여름이 되면 타서 누렇게 변한다. 미시간에서 여름에만 밖에 두고 겨울이면 실내로 들여와야 하던 화초들이 남가주에서는 1년 내내 밖에서 자란다.

남가주는 날씨가 거의 늘 화창하다 보니 꽃이나 농작물의 성장 속도도 매우 빠르다. 남가주에 이사 온 첫해에 딸기, 호박, 오이, 가지, 파, 마늘, 토마토를 심었는데 예상한 것보다 너무 많이 열렸다. 친구들과 이웃들에게 나눠주고도 처치 곤란할 정도였다.

그런가 하면 어떤 해 겨울에는 기록에 가까울 만큼 비가 많이 내렸다. 그러자 달팽이들이 무섭게 번성하여 내 밭의 채소를 먹어치웠다. 귀여워만 보이던 작은 달팽이가 농작물에 이렇게 큰 피해를 주는 줄 몰랐다. 한편 2007년에는 비가 예년보다 몇 분의 1밖에 안 오고 때 아

붉은 접시꽃 Red Rose Mallow
Oil on canvas, 30.5×41cm, 2011

닌 서리까지 내려 달팽이들이 얼어 죽었다. 피해를 본 것은 내 밭과 화단도 마찬가지였다. 무엇이든 너무나 빨리 자라는 통에 빼버리느라 바쁘던 내가 엉성해진 정원을 보며 한탄할 정도였다.

내가 심지도 않은 꽃씨가 흙에 따라와서 꽃피우는 일도 많았다. 정체불명의 싹이 돋아나서 빨리 자랐는데, 나중에 알고 보니 팬팜(fan palm)이라 불리는 야자수였다. 나무가 너무 크다 보니 그늘을 만들어 그 아래에 심어진 꽃들이 잘 자라지 못했다. 내가 아끼던 빨간색 나리꽃도

•
샌타로자 고원의 봄 습지 Vernal Pool in Santa Rosa Plateau
Oil on canvas, 76×102cm, 2014

야자수 뿌리가 자라며 질식시켜 버렸다. 야자수를 세 차례에 걸쳐 옮겨 심다가 결국 10년 후에는 600달러나 들여서 벌목을 했다. 저절로 나서 자란다고 아무거나 기를 일이 아니다.

또 한 번은 모란이 여름에 더워서 말라죽은 줄 알았는데 이듬해에 순이 났다. 모란이라고 주문한 것은 알고 보니 작약이었다. 감나무 아래에는 로즈말로(rose mallow)라는 아름다운 접시꽃을 심었다. 흰 꽃과 빨간 꽃 두 종류로, 직경이 25센티 이상 되었다. 특히 빨간색은 너무 번성하여 일부를 다른 곳으로 옮겨 심었더니 겨우 한 그루에서만 몇 개의 꽃이 피었다. 봄에는 더 잘 자라기를 바랐으나 결국 죽고 말았다.

동부에서는 정원에 관심이 없던 남편도 남가주에 이사 와서는 정원을 즐겼다. 심지어 정원사인 나를 칭찬까지 했다. 나는 예전 사간동 집에서 보던 화초나 나무들을 이곳 남가주 정원에 심어놓고 옛 생각에 잠겼다. 바람개비도 많이 만들어 정원에 꽂아두었다. 바람에 빙빙 돌아가는 바람개비 사이로 팔로마 산을 바라보면 이것이 꿈을 기르는 정원인가 싶었다. 꿈을 심고 그 속에서 살아감도 나쁘지 않았다.

바람개비와 모빌

"우물을 파도 한 우물을 파라"는 격언이 있다. 한 가지 일을 꾸준히 해야 성공할 수 있다는 말인데, 나는 그 격언을 따르지 않았다. 그림 그리듯 글을 쓰고, 글 쓰듯 그림을 그리며, 공예도 한다. 여러 가지 작업을 하다 보면 어느 한군데 집중하기 어려운 것은 사실이다. 그러나 궤변일지 몰라도 할 수 있는 일이 많으니 지루할 틈이 없어서 좋다.

1960년대 말부터 틈틈이 '모빌(mobile)'을 만들기 시작했고, 여러 가지 재료로 다양한 모빌을 고안하여 천장에 매달아놓았다. 아들이 어렸을 때는 원하는 주제와 형태의 모빌을 만들어주기도 했다. 꼬마 손님이 우리 집에 오면 우선 천장의 모빌을 올려다보느라 정신이 없었지만, 정작 키 큰 어른들은 머리 가까이 있는 모빌에 관심을 두지 않았다.

첫째 남동생이 서너 살 난 아들을 데리고 우리 집에 놀러 온 적이 있다. 어린 조카는 천장에 매달린 모빌이 신기한 듯 하나하나 쳐다보며 고개를 180도 이상 돌리다가 그만 중심을 잃고 나동그라졌다. 이것은 우리 가족에게 귀여운 추억으로 남아 있다.

나는 관심사가 매우 다양한 편이다. 그러다 보니 각 관심사마다 기구며 공간이 따로 필요할 정도여서, 남편은 내가 더 이상 새로운 것에 관심을 갖지 말아주길 바랐다. 내게 경주마용 눈가리개를 씌워야 한다고 농을 한 적도 있다. 예술인 중에는 나처럼 다양한 범주에 관심을 두고 작업하는 이들도 많다.

우리가 남가주로 이사 와서 처음 테메큘라의 새집에 들어갔을 때 뜰에는 잡초만 드문드문 있을 뿐 맨 흙바닥이었다. 그곳에 조경 공사를 하고 정원을 가꾸기 시작했다. 그해 여름은 예년보다 덥고 가물어서, 인근 도시에는 산불도 나고 내가 새로 심은 여린 화초들이 타 죽기도 했다. 그때만 해도 나는 동부와 기후 조건이 다른 이 지방의 화초들에 대해 잘 몰랐다. 겨우내 꽃을 피우는 일년초들이 고맙고 기특했다.

어느 정도 정원을 완성하고 나서 피크닉 테이블을 사러 갔다가 우연히 바람개비 장식을 발견했다. 나는 작은 날개가 돌아가는 벌 모양의 바람개비를 하나 사서 화단에 꽂아놓았다. 바람이 불면 날개가 빙빙 돌아갔다. 더 큰 바람개비를 찾아보았으나 신통치 않아 내가 만들기로 했다.

어려서 바람개비 만들던 기억을 더듬어 비닐 시트로 만들어보니 제법 잘 돌아갔다. 그렇게 해서 하나둘 생겨난 바람개비는 새로운 도안과 재료로 번져나가 마침내 화단에 가득 찼다. 바람이 부는 날이면 투명하거나 불투명한 각양각색의 바람개비들이 햇빛에 반사되어 빤짝거리며 돌아갔다. 대학 동창 한 명이 우리 집을 방문했을 때 화단에서 바람개비가 돌아가는 모습을 보고 '어린이 놀이터'라고 불렀다. 나는 '어른의 놀이터'라고 정정해 주었다.

알렉산더 콜더(Alexander Calder)라는 예술가가 있다. 그는 건축가이며 조각가이자 화가로, 조각과 역학을 종합하여 움직이는 예술품 '모빌'을 창조해 냈다. 콜더의 모빌 작품은 여러 도시의 중심지에 장식되어 사랑을 받고 있다. 많은 미술관에서 그의 작품을 볼 수 있는데, 나는 워싱턴DC의 내셔널갤러리 동쪽 별관에서 천장에 달려 있는 거대한 모빌을 보았다. 콜더는 철판이나 철사, 유리 등 다양한 재료를 사용해서 모빌을 만들었다.

한편 바람개비는 콜더같이 누가 구상했다는 기록은 없으나 아주 오랜 역사를 지녔을 성싶다. 네덜란드의 풍차나 옛 비행기의 프로펠러도 바람개비의 상징이라 하겠다. 캘리포니아 주 북부를 지나다가 풍력발전을 위해 설치해 놓은 대형 바람개비들을 보았다. 그 기능도 기능이지만, 바람개비가 즐비하게 늘어서서 돌아가는 모습 자체가 장관이었다.

테메큘라의 우리 집 정원에서는 바람개비들이 수시로 돌아갔다. 근처에 산으로 둘러싸인 테메큘라계곡이 있어서 산과 산 사이를 통해 태평양의 바람이 자주 불어왔기 때문이다. 야자수 잎이 흔들거리면 이어

춤추는 나무들 Dancing Trees
Intaglio/Weaving, 48×61cm, 1986

바람개비도 움직이는데 그 방향과 정도에 따라 이따금씩 돌거나 힘차게 돌아갔다. 어린이들이 바람개비를 손에 쥐고 걸어가면 천천히 돌아가고, 뛰어가면 더욱 세차게 돌아가는 것과 같은 이치다. 수많은 바람개비들이 정원의 꽃들과 어우러져 빙빙 돌아가는 광경을 보면 나도 동심으로 돌아간 듯 즐거웠다.

내가 즐겨 만드는 바람개비와 모빌은 서로 다른 공예지만 '동적(動的)'이라는 면에서 공통점이 있다. 모빌이 우아하고 얌전하게 움직인다

•
숲속의 사슴들 Deer in the Forest
Oil on canvas, 51×61cm, 2013

면 바람개비는 격동적으로 회전한다. 나는 그 둘을 다 사랑한다.

몇 해가 지나자 바람개비들이 강한 햇빛과 바람에 색이 바래고 깨져서 수선을 해주거나 새로운 것으로 바꿔주었다. 그러다가 남편이 쓰러진 뒤로는 바람개비를 즐길 여유가 없었다. 그렇게 많던 바람개비의 수도 차츰 줄어들었다. 그러나 남겨진 바람개비들은 내가 병원과 집을 오가는 동안에도 여전히 꿋꿋하게 돌아가고 있었다. 바람개비의 끈질긴 생명력이 고맙고 가련했다.

나는 바람개비가 우리 정원에서 다시 활기차게 돌아갈 날이 오기를 소망한다.

남편의 시련

남편이 은퇴하고 집에 계속 있으면 귀찮고 부담스럽다는 아내들도 많지만, 나는 은퇴한 남편과 함께 지내는 시간이 좋았다. 남편이 은퇴했을 때 우리는 미시간에 살고 있었다. 같이 나가서 점심도 먹고 장도 보았으며, 남편이 짐을 들어주니 힘도 덜었다. 친정아버지가 입원하셨을 때도 그날 즉시 워싱턴에 함께 갈 수 있었다. 또 며칠 후 아버지가 타계하셔서 장례를 치르는 동안에도 시간에 구애받지 않고 가족들과 함께 보낼 수 있었다.

미시간의 우리 집에는 넓은 지하실이 있어서, 나는 그곳을 화실로 만들고 거의 온종일 두더지처럼 살았다. 점심시간이 되어도 끼니 준비를 잊을 정도였는데, 남편이 냉면을 해놓았으니 올라와서 먹으라고 말하기도 했다. 남편은 남편대로 하는 일이 있었고 나는 항상 지하실에서 작업을 했으니 서로 필요 이상 부딪는 일이 없었다. 그때가 너무 그립다.

남편의 전근으로 미시간에 이사를 왔던 터라, 남편이 은퇴를 하자 앞으로 어디에서 살 것인지 상의하게 되었다. 나는 친정이 있는 동부로 다시 돌아가고 싶었으나 남편은 따뜻한 남가주로 가길 원했다. 가고 싶은 방향이 완전히 다르다 보니 타협이 되지 않았다.

그러던 어느 해 겨울, 미시간 지역에 눈이 엄청 많이 내렸다. 부엌에서 창밖을 바라보니 눈 더미가 점점 산처럼 쌓여갔다. 그러자 남편은 결심을 굳힌 듯 이렇게 말했다.

"당신이 따라오거나 말거나 나는 남가주로 이사를 갈 거야."

더 이상 남편의 고집을 꺾을 수 없었다. 결국 우리는 이사를 결심했으며, 남가주로 가져갈 짐을 최대한 줄여야 했다. 그림을 팔기 위해서 전단지를 돌리고 이틀 동안 오픈 하우스를 했다. 판화기를 비롯하여 관련 도구도 다른 사람에게 넘겼다. 때마침 아들은 미시간에 집을 구했기 때문에 우리 부부만 떠나게 되었다. 남편의 후배 한 사람이 이삿짐을 싸는 우리에게 말했다.

"남들은 은퇴하면 자손이 있는 곳으로 이사를 가는데, 선배님 댁은 반대로 아들을 두고 다른 고장으로 가시네요."

남가주로 이사 오고 나서 가장 생소했던 것은 기후다. 일생을 온대 지방에서 살아온 우리에게 아열대기후는 낯설었다. 우리는 1년에 걸쳐 조경 공사 등 집 정리를 마치고 두 군데 여행도 다녀오면서 차츰 안

기도하는 사람 Prayers
Monoprint/Weaving, 48×63.5cm, 2003

정을 찾아갔다.

그런데 이사 후 2년 반쯤 지났을 무렵 우리에게 불운이 닥쳤다. 저녁을 먹고 2층으로 올라가던 남편이 층계에서 굴러 머리를 다친 것이다. 우당탕 소리에 놀라 쫓아 올라가 말을 시켜보았으나 남편은 의식이 없었다. 나는 스스로 "당황하지 말고 침착하자"고 되뇌며 911에 전화를 걸었다. 얼마 지나지 않아 앰뷸런스가 와서 남편을 싣고 병원으로 먼저 떠났다.

•

화원의 노인 Granny among Flowers

Oil on canvas, 61×76cm, 2005

나는 가까운 지역에 살던 친구들에게 소식을 알린 다음, 남편이 실려간 병원으로 찾아갔다. 그런데 남편이 처음 실려간 병원은 시설이 빈약해서 로마린다 대학병원으로 옮겨야 한다고 했다. 남편이 너무 위독하다 보니 앰뷸런스로는 갈 수 없어서 헬리콥터로 이송했다. 나는 그 병원이 어디 있는지도 몰랐고, 날은 이미 어두웠다. 다행히 친구 내외 덕분에 무사히 낯선 병원까지 갈 수 있었다. 다음날에는 또 다른 친구가 한식 도시락까지 싸들고 와주어 고마웠다.

그때부터 남편의 시련이 시작되었다. 남편은 조금씩 나아지다가 악화되기를 몇 차례 반복했다. 여러 병원과 재활원 등을 돌고 돌아 3개월 만에 집에 왔고, 그해 5월 첫 수술을 시작으로 총 네 번에 걸쳐 뇌수술을 받았다. 한 번 수술을 받을 때마다 너무 힘든 회복기가 이어졌다.

집안에 우환이 있을 때 가족이 근처에 살면 여러모로 든든할 텐데, 우리는 시댁과 친정 모두 머나먼 곳에 두고 와서 큰일을 겪으니 막막했다. 특히 남편이 우겨서 서부로 이사 온 다음 이런 일이 생기니 고집 센 남편이 원망스럽기도 했다. 그래도 몇몇 친구와 이웃들의 도움 덕분에 견딜 수 있었다.

이 봐,
집에 가자!

2012년 6월 4일은 우리 부부가 결혼한 지 50년 되던 금혼식 날이었다. 시댁 가족은 서울에 살고 친정 가족은 미국 동부에 있어서 누구를 초청하기도 어려웠다. 그때 남편은 한 달 사이에 두 번이나 뇌수술을 받고 거동이 힘든 상태였다. 집안에서 아래층에도 내려오지 못할 정도였지만, 그래도 금혼식을 그냥 보내기는 아쉬워서 초밥을 시켜다가 2층 침실에 식탁을 차렸다. 성대하지는 못하나마 남편과 나, 아들, 세 식구가 둘러앉아 금혼식 만찬을 즐긴 것이다.

웬만하면 근처의 친구들이라도 초대하고 싶었으나 그마저 쉽지 않았다. 환자가 있는 집에서 그냥 저녁이나 함께하자고 가볍게 말을 꺼내기도 그렇고, 또 금혼식이니 오라고 하면 선물 때문에 부담이 될 수도 있겠어서 심사숙고한 끝에 우리끼리 지내기로 결정했다. 남편과 함

•

노인 Old Man

Linocut/Weaving, 48×34cm, 2016

께 금혼식을 맞이했다는 사실 자체는 기뻤지만, 이렇게 보내야 하는 현실이 초라하게 느껴졌다. 그러나 만약 남편의 수술이 잘못되어 무슨 일이 생겼더라면 이렇게나마 경사를 치르지 못했을 게 아닌가.

여하튼 우리는 조용하게라도 금혼식을 치렀고, 남편은 그 후 3년을 더 견뎌주었다. 금혼식 이후 남편은 조금씩 나아져서 아래층까지 내려올 정도가 되었다.

2015년 4월, 집에서 요양 중이던 남편이 갑자기 걷지도 일어나지도 못하는 상태가 되었다. 나와 아들이 남편을 겨우 일으켜 인근 테메큘라계곡 병원으로 데리고 갔다. 병원에서는 방광염이라며 입원을 시켰다. 그 병원은 우리 집에서 오가기에 가까운 곳이었고, 염증만 나으면 집에 간다는 생각에 마음도 그리 무겁지 않았다. 저녁 식사를 끝낸 남편은 나더러 늦기 전에 집에 가라고 성화했지만 나는 조금이라도 더 함께 있고 싶어서 지체했다. 사흘이 지나자 남편은 나에게 "집에 가자"고 재촉했다. 그 말이 왜 그런지 너무 슬프게 들렸다.

미국은 어느 병원에서든 보호자가 의사나 전문 상담사와 상담을 하는데, 그곳 전문 상담사는 다른 병원처럼 따뜻하고 인정 많은 이가 아니었다. 사무적이고 냉담했다. 단도직입적으로 내 남편이 투석을 받고 있으니 인간으로서 삶의 질이 낮다는 사실을 지적했다. 그러고는 자신도 몇 해 전 남편을 잃었는데 자기 결정으로 남편을 보냈고, 그 때문에 자식들로부터 미움을 받았다는 얘기를 들려주었다. 그러나 자신은 그것이 자기나 남편을 위해 옳은 결정이었다고 확신한다며, 나에게도 남편의 투석을 중지하라고 단호히 충고했다.

세상에 뭐 이런 상담이 다 있나 싶어 눈물이 났다. 비록 삶의 질이 저하되었어도 그는 아직 살아 숨쉬고 의견을 말하고 먹고 마시는 한 인간으로, 내 사랑하는 남편이자 한 아들의 아버지가 아닌가. 남편이 없는 세상은 상상도 하고 싶지 않았다.

1주일 후 남편은 염증이 사라지자 집에 가고 싶어했다. 그러나 몸을 쓰지 못한다는 이유로 더 멀리 있는 발라드 재활병원으로 옮겨졌다. 그 병원은 이전에 두 번이나 간 적이 있어서 익숙했다. 남편이 재활에 힘써서 전처럼 다시 걷게 되기를 간절히 바랐지만, 쇠약해진 남편이 물리치료를 당해낼 수 있을지 염려도 되었다.

집에서 발라드 재활병원까지는 먼 거리였으나 나는 매일 집에서 자고 아침이면 병원에 들렀다. 때로는 병원 근처에 있는 모텔에서 자기도 했는데, 어느 날 병원에서 내게 침대를 가져다주고 환자와 같은 병실에서 잘 수 있게 배려해 주었다.

그러던 중 남편의 염증이 재발했다. 인근 병원으로 옮긴다기에 나는 다시 테메큘라계곡 병원으로 옮겨달라고 했으나 결국 남편은 세인트 버나딘 병원이라는 곳으로 보내졌다. 비록 낯선 병원이었지만 다행히 친절한 간호사가 낮 동안 계속 남편을 돌봐주어서 고마웠다. 다음에 남편이 보내진 곳은 로마린다 대학병원으로, 약 10년 전 처음 쓰러졌을 때 갔던 병원이다. 주치의도 나를 기억했고 나도 그를 기억했다. 남편은 신기하게도 예전과 똑같은 병실에 입원하게 되었다.

생의 찬미와 안장 Blessing of Life & Burial
Oil on canvas, 51×41cm, 2016

남편은 너무 쇠약해져서 재활치료를 견딜 만한 힘이 없었다. 그런 남편에게 물리치료는 지옥과 같았으리라. 누구와도 대화를 나누지 않던 남편이 어떤 물리치료사에게는 자신과 가족에 관해서 이야기를 했다. 마음의 문을 연 남편을 보니 나도 기뻤다. 남편은 그 외 사람들에게는 별명을 붙여 불렀고, 유머 감각이 있는 물리치료사는 웃으며 받아주었다.

퇴원하던 날, 그곳의 전문 상담사는 우리를 염려하여 남편을 집이 아닌 근처의 좋은 요양원으로 보내주겠다고 했다. 이 상태로 집에 가면 오래지 않아 병원으로 다시 오게 되어 있다는 것이다.

그러나 나는 우겨서 남편을 집에 데리고 왔다. 남편이 나만 보면 "이봐, 집에 가자!"고 졸랐기 때문이다. 집에 돌아오자 남편은 안도의 숨을 쉬며 기뻐했고 음식도 잘 먹기 시작했다. 물론 환자와 보호자로서 우리의 일상은 약간 힘들었지만 나는 바른 결정을 내렸다고 생각한다. 좀 더 일찍 집에 데려오지 못해 안타까울 뿐이다.

2015년 10월 28일 하늘의 부름을 받던 날, 남편은 눈을 완전히 감지 못하고 살짝 뜬 채로 갔다. 그것은 어쩌면 세상물정 모르는 아내를 두고 가는 미련 때문이 아니었을까. 남편은 종종 나한테 "그렇게 세상물정 몰라서 이 험한 세상을 어떻게 살아가겠냐"며 걱정하곤 했다. 또 남편은 애교라고는 모르는 나를 사랑해 주었다. 하루에도 몇 번씩 사랑한다 말하더니, 떠날 때가 다가오자 그런 표현도 차츰 줄어들었다.

병원에서는 내가 잠시만 안 보여도 찾던 사람이 어떻게 나를 두고 떠나갔는지 모르겠다.

16년 만의 고국 방문

남편은 세상을 떠나기 전에 "화장하여 재를 부모님 산소에 뿌려달라"고 말했다. 나는 그 소원을 들어주기 위해 16년 만에 먼 거리를 여행했다. 먼 거리라지만 한국은 내 모국이자 고향이 아닌가. 이번 여행은 처음부터 일이 쉽게 풀리지 않았다. 항공권 예약을 잘못해서 예정보다 이틀 늦게 인천국제공항에 내렸는가 하면, 공항에서도 휴대폰의 '심(SIM)카드' 변경과 한화 환전을 까맣게 잊어버린 것이다.

도착한 다음날이 남편의 기일이라, 큰 동서 및 시누이와 함께 포천에 있는 시부모님 묘지에 갔다. 남편의 재를 가지고 가서 부모님 산소에 뿌려주었다. 오가는 길에 단풍이 한창이었지만 나는 친지들과 연락하느라 단풍을 볼 여유가 없었다. 시부모님이 생존해 계셨을 때는 서울

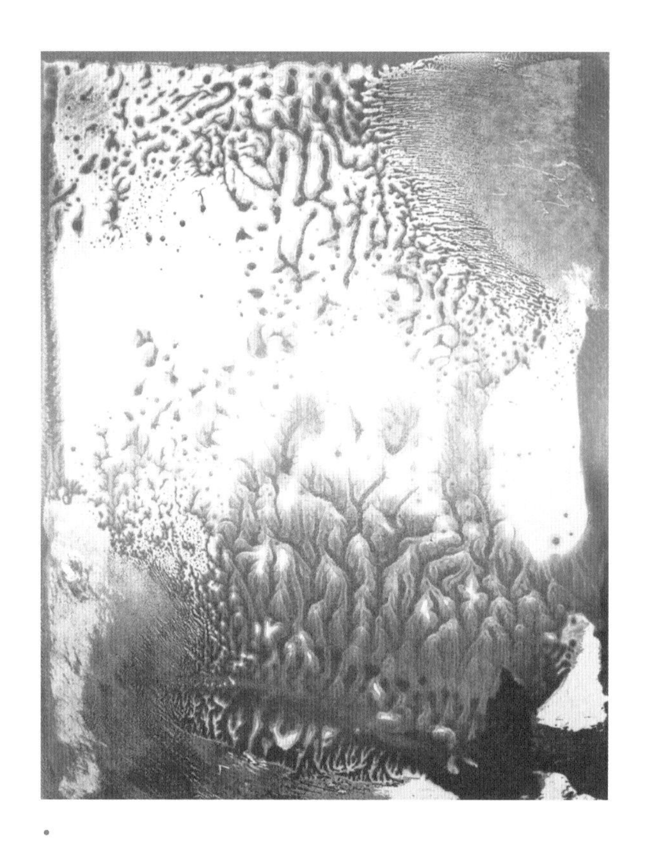

•

성에 낀 유리창 Frosted Window

Monoprint, 25×20cm, 1991

에 가면 시댁에 머물곤 했는데, 이번에는 시댁의 두 조카딸이 사는 반포 고속버스터미널 근처 아파트의 게스트하우스를 이용하게 되었다. 대개 점심에는 약속이 있었고 아침과 저녁은 혼자 해결했다.

전화 통화는 조카딸이 안 쓰던 휴대폰에 심카드를 넣어 사용했다. 시간제 요금을 썼는데 이틀 만에 탕진하는 바람에 조카딸이 다시 5만 원 상당의 시간을 충전시켜 주었다. 예전에는 생각지 못한 문제들이 발생한 것이다. 처음 한국을 방문했을 때는 아직 휴대폰이 없던 시절이라 집 전화로 연락했고, 밖에서는 공중전화를 사용했다.

어느 날 아침, 나는 '용감하게' 혼자 지하철을 타고 친구를 만나러 갔다. 지하철 매표 시스템이 자동으로 바뀌어, 지하철 창구 안에는 표를 파는 사람도 없었다. 그래도 자동판매기는 컴퓨터 사용자라면 자세히 들여다보고 알 수 있었다. 다만 반대 방향으로 가지 않기 위해 여러 번 물어야 했다. 도시가 확장됨에 따라 지하철 노선이 상당히 길어져서 먼 데까지 연결되어 있었다. 내가 내린 곳은 분당선 서현역이었다.

16년 만에 찾아간 모국은 초고속으로 달리는 듯했다. 모든 것이 기계화됐고 삶의 속도도 무척 빨라 보였다. 지하철 안에서는 승객 모두가 약속이나 한 듯 스마트폰을 들여다보고 있었다. 시내에서는 주로 택시를 타고 다녔는데, 대부분의 택시 안에는 GPS가 여러 개 장착되어 있었다. 길을 빨리 찾기 위한 내비게이션 기능인 듯한데, 어떤 차에는 네 개나 있어서 신기했다.

숙소를 조금만 벗어나도 어디가 어딘지 모를 거리는 휘황찬란한 건물로 들어차 있었다. 그래도 다행히 육교 대신 횡단보도가 많이 생겨서 보행이 편했다. 또 자동차 경적 소리도 많이 줄어들고, 복잡한 거리에서 유턴할 때도 서로 배려하는 모습이 보였다. 사람들은 서울 강남이 뉴욕의 맨해튼처럼 되었다고 말하기도 했다. 강북에서 태어나고 자란 나는 강남이 낯설었다. 강남이 이렇게 변했다면 과연 강북은 어떻게 됐을지 궁금했다.

어느 날 혼자서 인사동에 들렀다가 사간동 우리 집으로 향했다. 한복을 입은 젊은이들과 외국 관광객들이 눈에 많이 띄었다. 나는 걸어갈 때부터 이미 감상에 젖어, 기다려주는 이 없고 건물조차 사라진 집터 앞에서 울먹였다. 큰길에 나와 동십자각 사진을 찍었는데, 그 뒤로 예전 한국일보사 자리에 낯선 고층 빌딩이 보였다. 한때 남편이 기자로 일하던 곳을 지나니 감회가 새로웠다. 길 이름조차 '율곡로'로 바뀌었으나 지형은 눈에 익었다.

며칠 후 북촌에도 들러보았다. 북촌에 가면 한옥이 즐비하리라 기대했지만, 큰길은 다 현대식 상가로 바뀌고 뒷골목에만 한옥들이 남아 있었다. 언덕이 많아서 걸어다니기도 쉽지 않았다. 한옥마을을 돌아보다가 마지막에 '가예헌'을 찾았다. 워싱턴에 살던 시절 자주 만나던 남편의 고교 동창이 기증한 한옥이라 반가웠다. 골목으로 들어가 층계는 오르지 않은 채 밖에서 사진만 찍고 돌아 나왔다.

그렇게 여행 일자는 하루하루 흘러갔다. 마침 이모님 한 분이 작품 전시회를 준비 중이셔서, 돌아가신 어머님의 서예 작품과 내 소품도

우주 The Universe
Mixed media/Weaving, 34×43cm, 2016

찬조 출품했다. 그리고 이화여대 출신인 두 동서와 함께 모교를 찾았다. 대강당은 우리 재학 시절 그대로였으나, 운동장이 있던 곳에는 지하 4층짜리 초현대식 건물이 자리하고 있었다. 사진으로 보고 상상했던 것보다 훨씬 큰 규모였다. 우리가 다니던 '소(小)이화여대'가 '대(大)이화여대'로 변모한 것이다. 또 내가 졸업한 미술대학의 명칭은 '조형예술대학'으로 바뀌어 있었다.

그리운 친구들은 너무 멀리 교외로 이사 갔거나 건강상 문제가 있어서 만나기 힘들었다. 오히려 내가 안내해야 할 형편이었다. 시외에서 아직도 소아과를 운영하는 한 친구는 서울 시내로 나오지 못해 안타까워하기에 내가 택시를 타고 찾아갔다. 시외에는 예전 서울처럼 어수룩하고 사람 냄새가 나는 곳이 아직 있었다. 친구와 함께 동네 식당에 갔는데, 방바닥에 앉아서 먹는 곳이었다. 비록 그날 밤에는 다리가 아파서 잠을 잘 못 잤지만 그 집 갈비탕 맛은 진정 일미였다.

나는 친척이나 친구들을 만날 때 태블릿 PC까지 들고 다니느라 무거웠다. 하지만 덕분에 내 작품 사진들을 보여주며 몇 십 년의 거리를 단축시킬 수 있었다. 손주뻘 되는 아이들에게는 '종이접기'로 만든 사람이나 동물을 선사했더니 무척 좋아했다. 접는 법을 배우고 싶어하는 아이가 있어서 잠시 가르쳐주기도 했다. 90대이신 이모님들과 외삼촌과의 재회도 뜻깊었다.

한국이 부강해진 것을 보았고 감동한 것도 사실이다. 그러나 예전 내가 살던 시절의 한적한 서울, 그리고 거기 살던 정다운 사람들이 그립기도 했다. 부강해진 나라와 따뜻한 인간의 정, 이 두 가지는 꼭 반비례해야 하는 것일까?

그래도 이러한 아쉬움을 달래줄 만큼 개인적으로는 고마운 이들을 많이 만났다. 지극정성으로 나를 대해준 사람들, 밤에 긴 통화로 못 다한 얘기를 쏟은 친구들도 있어 마음 훈훈했다.

님편의 마지막 소원 덕분에 나는 16년 만에 고국을 찾아 넘치는 환대를 받고 돌아왔다. 많이 걸어다녀서 힘은 들었으나 다리에 근육을 키울 수 있었다. 단 한동안 어지럼증이 나를 괴롭히고 시차로 정신이 없었다. 사람들은 내가 돌아다니는 것을 보고 놀라지만 나도 한계에 도달한 것 같다.

내 이름은 '이봐'

그가 다급하게 불러대는 내 이름은 이봐!

입원해 있던 어느 밤에

그가 홀로 울었다면

그때도 이봐를 불렀을 것이고

간밤에도 수없이 부른 이름 이봐

지친 이봐를 좀 덜 불러줘요

난파의 황혼기를 겪는

긴 폭풍이 두렵고 괴롭더라도

당신이 이봐를 더 이상 부르지 않는 날

이봐는 절규하고 몸부림치겠지

단란했던 시절의 기억

평탄치 않았던 세월

심신이 괴로운 당신

식지 않는 이봐의 사랑

우리의 황혼기에

보내고 싶지 않은 이봐의 미련과

당신의 생에 대한 애착

우리 얽혀 살아온 53년의 세월

길고도 짧은 반세기

내 부모님처럼 우리도 회혼을

보고 싶었다우

이봐의 기력이 쇠잔하기까지

당신을 보살펴주리니

부디 회복하여

생을 더 이어가 볼 수는 없을까?

•

마지막 한 장 Final Page

Oil on canvas, 51×61cm, 2016

1 | 두 살 때 한순정.

2 | 서양화과 실기실에서. 왼쪽 두 번째가 한순정.

3 | 한순정과 황주량의 결혼식(YMCA회관, 1962년).

4 | 신혼 시절 워싱턴DC에서 남편과.

5 | 이대 100주년 기념 전시회, 김옥길 전 총장(가운데)과 한순정(오른쪽 끝).

6 | 미시간 시절의 한순정 가족(1990년대).

7 | 여동생, 어머니와 함께(2006년).

8 | 메릴랜드 가족 묘지에 남편의 유해를 안장한 뒤(2016년).

부록

부록

순 정 에 게

네 서신과 연하 카드 잘 받았다. 이곳은 어젯밤부터 눈이 오기 시작하여 아직도(새벽 1시) 오고 있다.

판화, 시화, 시가 등은 문화 활동이고 과거의 지성인들이 지니고 있던 취미다. 막내며느리도 그런 기풍의 인물이니 다행이다. 우리 가문에 꽃이 피는 것으로 생각된다. 어머니도 매일 문화생활에 전념하고 있으니 호흡이 맞는다.

내가 하고 있는 생간(生間) 연구는 자리가 잡혀가고 있는 것으로 믿는다. 꿈이라는 것이 공상으로 취급되는 것이 보통이나, 생명의 근원으로부터 나오는 것은 아무도 부인하지 못할 것이다. 생간 연구의 대강은 별지와 같다.

각자가 소신에 의하여 정진하고 있으면 될 것이다.

1989년 12월 8일

부서(父書)

PUM S. HAN, M.D.
8712 RAYBURN ROAD
BETHESDA, MD 20817

[illegible]

各自가 所信에 依하여 精進하고 있으면 될것이다.

12-8-89

父書

封入 [illegible]

저자에게 친정아버지가 보낸 편지

부록

친구 황주량을 보내며

옛날 어느 현자는 인생을 이렇게 노래했습니다.

"우리의 연수가 70이요 강건하면 80이라도 그 연수의 자랑은 수고와 슬픔뿐이요 신속히 가니 우리가 날아가나이다."

우리는 지금 사랑하는 황주량 동문의 장례에 와 있습니다. 예부터 사람의 연수가 70이요 강건하면 80이라 했는데 고 황주량 동문은 80을 얼마 남기지 않고 세상을 뜨셨으니 결코 단명하다고 할 수는 없습니다. 그런데도 우리는 왜 이처럼 그의 죽음이 슬프고 아프고 안타까운 것일까요. 그가 80의 수를 누렸다 하더라도 그가 하지 못하고 떠난 일이 너무나 많기 때문입니다.

세상은 그를 받아들이기에 너무나 황량했고 그가 세상을 품기에는 너무나 고고했습니다. 그를 보내며 안타깝고 아쉬운 마음을 접기 어려운 것도 그가 미처 이루지 못한 꿈 때문일 것입니다. 우리의 마음이 이리도 안타까운데 평생을 같이했던 유가족이야 어떠하겠습니까? 부인 한순정 여사, 아들 원영, 그리고 고인의 형제자매들께 심심한 위로를 드립니다.

저는 고인과 평생 친구입니다. 우리가 처음 만난 것이 중학교 1학년 때였으니 67년이 되었습니다. 우리는 경기중학에 입학하고 반을 배정 받았는데 그것이 1학년 7반이고 주량도 저도 그 반에 있었습니다. 우리는 곧 친구가 되고 평생을 친구로 살았습니다. 6·25전쟁이 발발하고 저는 부산에 피난 갔는데 주량도 거기 있었습니다. 전쟁으로 내일을 점칠 수 없었던 때에 피난지에서 만난다는 것은 서로의 우정을 다지는 데 각별한 계기가 되었습니다. 그리고 서울로 돌아와 그가 청파동에 살 때, 저는 자주 놀러 가곤 했습니다.

그는 어릴 때부터 비범했습니다. 감수성이 많아서 공부만이 아니라 음악과 예술에도 제가 감히 범접할 수 없을 만큼 심취, 아니 몰두하곤 했습니다. 당시에는 장안에 몇 안 되는 전기 축음기에 처음 등장했던 LP 레코드로 클래식 음악을 감상하던 모습이 눈에 선합니다. 책도 학교 공부를 위한 교과서 차원이 아니라, 문학에서 철학으로 그가 섭렵하지 않은 책이 아마 흔하지 않았을 것입니다. 저는 그를 감히 천재라 불러도 과하지 않다고 생각합니다. 그는 늘 깊이 사색하고 고민하고 비판하는 비범한 사람이었습니다. 이런 사색인으로서의 그의 모습은 때로는 우수에 싸인 듯 보이기도 했습니다.

벌써 30여 년 전, 그가 워싱턴 근교에 살 때 저는 그의 집을 방문하여 하루 이틀 함께한 적이 있습니다. 같이 환담하다가 일찍 자리에 들었던 제가 아마도 자정이 넘어 2시경이나 되었을까? 인기척에 아래층을 내려다보니 그가 혼자 앉아 있었습니다. 그는 깊은 사색에 빠져 있었습니다. 무엇을 그리 깊이 생각했을까? 인생을 번민하고 사색했을 것입니다. 그는 그런 사람이었습니다.

그는 미국에 와 대학에서 컴퓨터 공부를 하고 평생을 컴퓨터를 생업으로 살았습니다. 평생 전문가로서 기술과 역량을 길렀으나, 이것은 그의 생활인으로서의 자세이지 그를 담을 수 있는 적합한 그릇이었을까 가끔 의문이 들기도 했습니다. 그런 일을 하기에는 그의 그릇이 크고 성품이 자유분방했기 때문이지요. 그가 늘 고민하고 사색하였던 것은 아마도 인생의 더 근본적이고 원대한 문제였을 것입니다.

그는 훌륭한 아내와 복된 평생을 보냈습니다. 친구인 주량이 제게 더 가까웠었는지 그 아내가 제게 더 가까웠었는지 알 수 없습니다. 아내 한순정 씨는 저와 사촌간입니다. 사람들은 제가 소개해서 둘의 결혼이 이루어진 줄 생각하기도 합니다. 가까운 친구가 사촌 누이동생과 결혼했으니까요. 그러나 둘을 맺어준 것은 제가 아니고, 저도 둘이 혼인할 만큼 가까워진 후에야 알게 되었습니다.

근래 10여 년을 아내 순정은 남편을 수발하는 희생을 끼고 살았습니다. 병원을 자기 집 드나들 듯 하는 남편, 병약해서 신경이 날카롭고 그래서 늘 역정을 내는 남편을 아내는 군말 없이 수발했습니다. 남편이 왜 아내를 '이봐'라고 불렀는지 내력은 잘 모릅니다. 그러나 그 아내가 근래에 꺼져가는 심지와 같은 남편을 그리며 쓴 시를 제게 보내왔습니다. 그 시는 이렇습니다.

그가 다급하게 불러대는 내 이름은 이봐!

(중략)

우리 얽혀 살아온 53년의 세월

길고도 짧은 반세기

내 부모님처럼 우리도 회혼을

보고 싶었다우

이봐의 기력이 쇠잔하기까지

당신을 보살펴주리니

부디 회복하여

생을 더 이어가 볼 수는 없을까?

그러나 아내의 바람은 이루어지지 못했습니다. 남편은 이미 떠났습니다. 좋은 곳으로 갔기를 충심으로 바랍니다. 남은 분들도 마음을 추스르고 이제 얼마 남지 않은 생을 활발하게 사시기를 바랍니다.

2015년 11월 2일

이광수

편집자 주 | 이 글은 저자 남편의 장례식 추도사임.

한순정 연보

1937년 서울 사간동에서 출생.

1955년(18세) 진명여자고등학교 졸업. 이화여자대학교 미술과(서양화과) 입학.

1956년(19세) 이화여대 학생관에서 '김희선(시)·한순정(화) 시화전' 및 제1회 개인전 개최. 개인전 총 16회.

1957년(20세) 국전 입선. 부모님이 미국으로 건너감.

1958년(21세) 국전 입선.

1959년(22세) 이화여자대학교 졸업.

1959~1962년 미국문화원(USIS) 출판과 근무.

1962년(25세) 《한국일보》 기자 황주량과 결혼.

1963년(26세) '녹미전' 출품(신문회관 화랑, 서울). 미국으로 건너감. 워싱턴DC 및 메릴랜드에서 약 23년간 생활.

1963~1981년 일러스트레이터로 근무(잰즈, 자이언트푸드, 호셜 백화점).

1967년(30세) 아들 황원영(미국명 Arthur) 태어남.

1976~1989년 워싱턴 한인미술가협회 회원으로, 총 20여 회 회원전 참가.

1978년(41세) 워싱턴 한인미술가협회 회장 활동. '아시안 아티스트 그룹전' 출품(Asian Gallery, Washington DC).

1979년(42세) 그룹 초대전 출품(한국대사관, 베네수엘라).

1981년(44세) '한국미술 5천년전'과 함께 개최된 '워싱턴 한인미술가협회 그룹전' 출품(Learning Center Gallery, Smithsonian Museum, Washington DC).

1982년(45세) 초대 동인전 출품(Gallery Revelation, Baltimore, MD). 한순정·김경애 2인전 개최(Slayton House, Columbia, MD).

1982~1986년 프리랜서 아티스트로 활동(Van Dyke & Assoc, The Savings Bank of Baltimore, The Reliable Stores Inc.).

1983년(46세) 이모(이연호 여사) 및 여동생(한인영)과 함께 '가족 3인전' 개최(Tony's Art Gallery, Potomac, MD).

1983~1986년 메릴랜드 대학교(칼리지파크 캠퍼스)에서 판화 연구.

1984년(47세) 판화 그룹전 출품(University of Maryland Art Gallery, College Park, MD).

1984~1986년 볼티모어 감리교회 소속 한글학교, 스프링브룩 한국학교 등에서 교사로 근무.

1985년(48세) 이화여대 워싱턴 지부 동창회장 활동. 초대 '한 씨 자매 2인전' 출품(Alexandria Art Gallery, Alexandria, Virginia). 동인전(Rockland Art Center, Ellicott City, MD) 등 출품.

1985~1986년 메릴랜드 아트·디자인 대학에서 강사로 근무.

1986년(49세) 주 정부청사 그룹 초대전 출품(State House, Annapolis, MD). '이화여대 100주년 기념 전시회' 출품(덕수궁 석조전 화랑, 서울). 미시간 주 트로이로 이주. 미시간에서 약 17년간 생활.

1986~2002년 디트로이트 세종학교 교사로 근무.

1987년(50세) 이화여대 미시간 디트로이트 지부 동창회장 활동. '진명 4인전' 출품(Ontario Institute for Studies in Education, Toronto).

1988년(51세) 동인전 출품(Troy Art Gallery, Troy, Michigan). '박숙희(시)·한순정(화) 시화전' 개최(한인장로교회, 사우스필드, 미시간).

1988~2003년 버밍햄 여류화가협회(BSWP) 회원으로, 매년 1회 이상 회원전 참가.

1989년(52세) 미시간 문학회와 '가을 시화전' 개최(한인연합감리교회, 트로이, 미시간).

1989~2001년 《한국일보 시카고》 미시간판에 칼럼 기고.

1991년(54세) 메릴랜드 판화가협회의 '판화 그룹 순회전' 출품(St. Charles Center, Waldorf, MD; Annapolis Center, Annapolis, MD).

1995~1996년 《디트로이트 코리안저널》에 칼럼 기고.

1996년(59세) '토론토 캐나다-디트로이트 미시간 미술협회 교류전' 출품. 미시간 한인사회봉사회 주최 '중견작가 3인 초대전' 출품(Troy Marriott Hotel, Troy, Michigan).

2001년(64세) 교육 자료집 《한국 민속공예》 자가 출판. 한글학교협의회 학술대회 강사(한국매듭) 및 도서 전시(Dallas, Texas). 《코리안저널》 초청 '남북한 화가 전시회' 출품.

2002년(65세) 그룹 초대전 출품(Padzieski Art Gallery, Dearborn, Michigan).

2003년(66세) 캘리포니아 주 테메큘라로 이주.

2004년(67세) '한국의 날 행사'에서 종이접기 시범(Houston Museum of Art, Houston, Texas).

2005년(68세) '한순정·홍순조 2인전' 개최(Hilton San Diego, San Diego, California). 남편 황주량 투병 시작.

2006년(69세) 어머니(이정호 여사) 및 여동생과 함께 '세 모녀전' 개최(Dega Art Gallery, McLean, Virginia).

2010년(73세) '종이공예 동인전' 출품(Zig Zag Gallery, The Plains, Virginia).

2011년(74세) '공예 동인전' 출품(Elizabeth Stone gallery, Alexandria, Virginia).

2011~2017년 '남가주 녹미회' 녹미전, 모금 소품전 등 출품(Lee & Lee Gallery, Los Angeles, California; Café Giberni, Los angeles, California; Muckenthaler Cultural Center, Fullerton, California).

2012년(75세) '23한인여류화가 초대전' 출품(Glenview Mansion Art Gallery, Rockville, MD).

2013년(76세) '이화여대 북미주 동창회전' 출품(시카고 한인문화회관 화랑, 시카고, 일리노이).

2015년(78세) 남편 황주량 별세.

2016년(79세) 캘리포니아 주 메니피로 이주.

2017년(80세) 남편 재를 뿌려주기 위해 한국 방문.

2018년(81세) 남가주 녹미전 출품 및 제17회 개인전 개최(예정).

개인전(Solo Exhibition)

1956 Ehwa Woman's University, Seoul, Korea

1976 'Oil Paintings': Diplomat National Bank, Washington DC

1979 Charles Center, Baltimore, MD

1980 Kahler Hall, Columbia, MD

1980 'Far East Festival': Kahler Hall, Columbia, MD

1986 'Prints': American Cultural Center Gallery, Seoul, Korea

1990 'Prints & Weavings': Tony's Art Gallery, Potomac, MD

1991 Bunting E. W. Gallery, Ferndale, Michigan

1992 Birmingham Bloomfield Art Center Gallery, Birmingham, Michigan

1993 Asian Arts Center Gallery, Towson States University, Towson, MD

1995 Lawrence Street Gallery, Pontiac, Michigan

1996 Troy Marriott Hotel, Troy, Michigan

1999 Pangborn Design & Gallery, Detroit, Michigan

2001 Troy Marriott Hotel, Troy, Michigan

2001 Cary Gallery, Pontiac, Michigan

2003 Korean Cultural Center Gallery, Washington DC

편집자 주 | 연령은 만 나이로 표시함.

작품 더 보기

Gate of Kyungbok Place
Oil on canvas
122×91cm, 1961

Street of Washington DC
Felt pen drawing
30.5×23cm, 1964

Moon and Twin Gate
Oil on canvas
46×61cm, 1972

Pagoda-Baeckje
Oil on canvas
61×41cm, 1977

Courtyard
Oil on canvas
76×102cm, 1977

Royal Tomb
Oil on canvas
76×102cm, 1977

Reading Arthur
Oil on canvas
76×61cm, 1977

Self-portrait
Oil on canvas
33×24cm, 1977

Piano Player
Oil on canvas
76×61cm, 1981

Self-portrait
Watercolor on paper
41×30.5cm, 1982

Rhododendron
Watercolor on paper
41×30.5cm, 1982

Stephany
Oil on canvas
91×76cm, 1983

Growth
Oil on canvas
102×76cm, 1987

Old Court Yard
Felt pen drawing
15×21.5cm, 1995

Tadpole Days
Oil on canvas
61×46cm, 2002

Mother
Oil on canvas
76×61cm, 2002

Cedar Breaks
Oil on canvas
76×102cm, 2003

Winter March
Brush drawing
30.5×41cm, 2003

Bryce Canyon
Oil on canvas
122×152cm, 2006

Wild Flowers in Joshua Tree NP
Oil on canvas
91×122cm, 2007

Statice of La Jolla
Oil on canvas
46×61cm, 2011

Viewing Photos
Oil on canvas
61×76cm, 2012

Morning Ray
Oil on canvas
51×61cm, 2013

Patapsco
Intaglio, Aquatint
46×61cm, 1982

Dragon Hill
Intaglio, Softground
46×61cm, 1982

Acetic Island
Intaglio, Aquatint
10×15cm, 1982

All Gates
Intaglio, Aquatint
46×61cm, 1983

Courtyard
Intaglio, Softground, Aquatint
46×61cm, 1984

Gate
Intaglio, Aquatint
61×46cm, 1984

Open Gate Tree
Etching, Aquatint
10×6cm, 1984

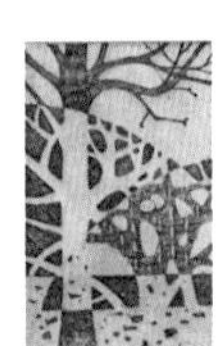

Two Eggs
Etching
10×6cm, 1984

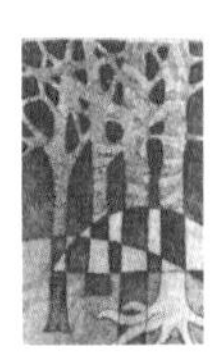

Octapus Tree
Intaglio, Softground
10×6cm, 1985

Morning Light
Intaglio, Openbite
30.5×41cm, 1985

Moment in the Past
Stone lithogrph
35.5×25cm, 1986

Trio Trees
Collagraph
53×34cm, 1986

Gate Series
Collagraph on Monoprint
63.5×48cm, 1988

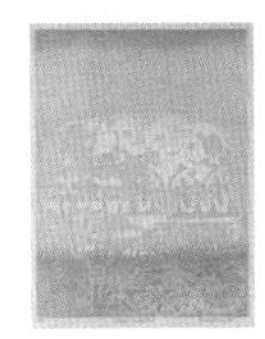

Fetus Trio 2
Collagraph
64×48cm, 1989

Rip Series 2
Monoprint
48×64cm, 1989

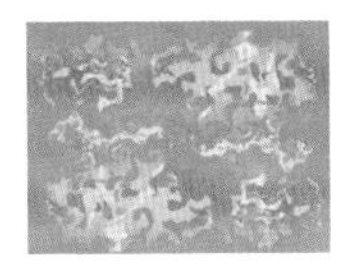

Ripple Series 1
Collagraph
48×63.5cm, 1989

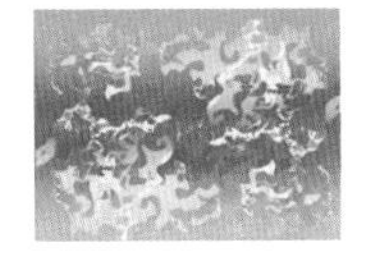

Ripple Series 2
Collagraph
48×63.5cm, 1989

Ribbon Dance
Monoprint
48×63.5cm, 1989

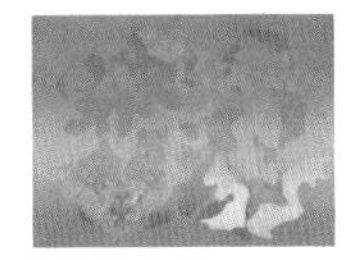

Touch of Blue
Monoprint
48×63.5cm, 1989

Work 1
Monoprint
48×63.5cm, 1989

Hunting Scene
Linocut, Collagraph
46×61cm, 1990

Hunting Scene
Linocut, Collagraph
46×61cm, 1990

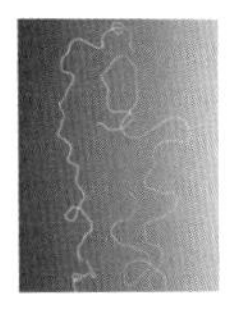

Profile
Monoprint
63.5×48cm, 1990

Jubilation
Monoprint
76×56cm, 1991

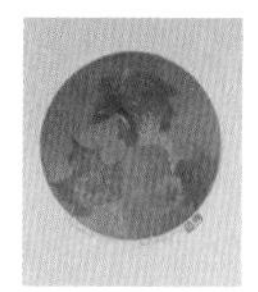

Maple Leaves
Monoprint
20×20cm, 1991

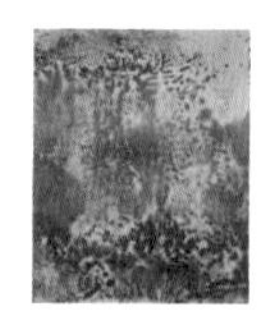

M-7
Monoprint
25×20cm, 1991

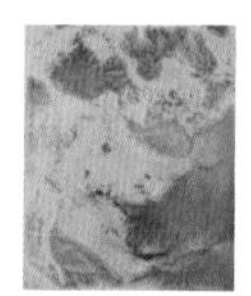

M-8
Monoprint
25×20cm, 1991

Dreamer
Linocut
30.5×30.5cm, 1993

Village
Linocut
10×15cm, 1993

Floating Image
Monoprint
63.5×48cm, 1995

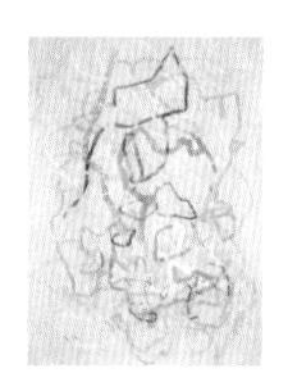

Traveler
Monoprint
63.5×48cm, 1995

Winter Fern
Monoprint
56×76cm, 1996

Doodle
Monoprint
43×56cm, 1997

Color of the Past
Monoprint
48×63.5cm, 1998

Connection in Life 3
Monoprint
48×63.5cm, 2000

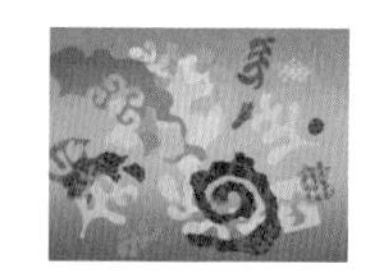

Jolliness 1
Monoprint, Chine colle
48×63.5cm, 2000

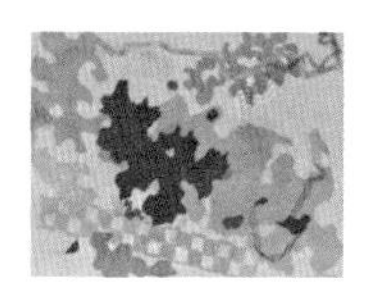

Old Mood
Monoprint, Chine colle
48×63.5cm, 2003

Trees with Fern
Collagraph on Monoprint
46×30.5cm, 2004

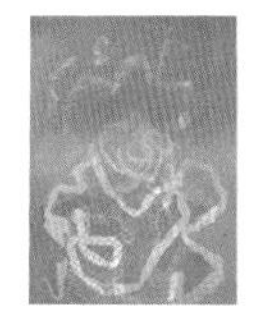

Child at Play
Monoprint
63.5×48cm, 2004

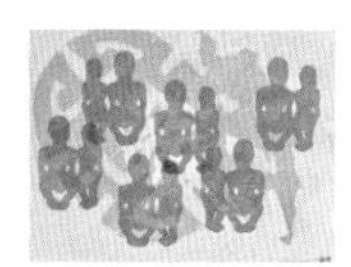

Couple from Ancient Times 1
Monoprint, Chine colle
46×63.5cm, 2017

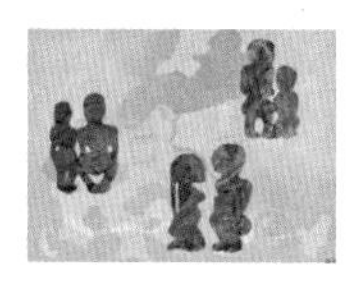

Couple from Ancient Times 2
Monoprint, Chine colle
48×63.5cm, 2017

Treasures from Ancient Days 4
Monoprint, Chine colle
46×61cm, 2017

Tree Legged Crow
Monoprint, Chine colle
61×46cm, 2017

Seasons of Sentiment
Monoprint, Chine colle
63.5×48cm, 2017

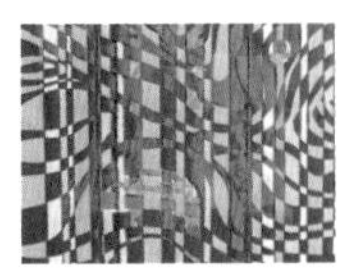

Two Directional Pattern
Serigraph/Weaving
56×76cm, 1979

Fall Leaves 1
Lithograph, Intaglio/
Weaving
53×71cm, 1986

Red Fish
Mixed media/Weaving
46×58cm, 1989

Big Blue Fish
Mixed media/Weaving
48×81cm, 1991

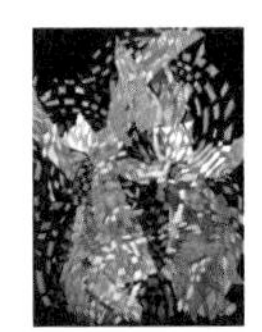

Monk Dance 2
Monoprint/Weaving
76×56cm, 1991

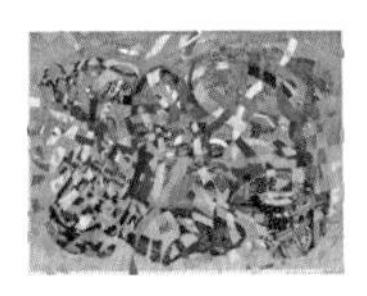

Guardian Angel
Drypoint, Monoprint/
Weaving
48×63.5cm, 1993

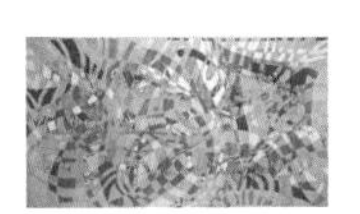

Story Teller
Drypoint, Monoprint/
Weaving
69×85cm, 1993

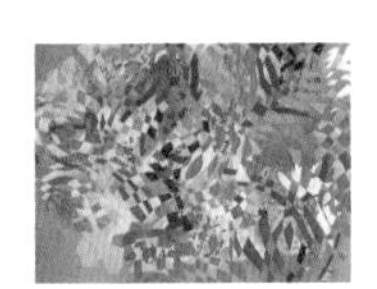

Yearning
Monoprint/Weaving
48×63.5cm, 1993

Night Festival
Monoprint/Weaving
63.5×63.5cm, 1993

Sorrow
Monoprint/Weaving
48×63.5cm, 1993

Shining Light
Collagraph/Weaving
56×76cm, 1993

Peace Stork
Monoprint/Weaving
56×76cm, 1995

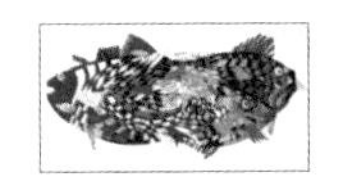

Blue and Red Fish in Group
Monoprint/Weaving
30.5×50cm, 1995

Meditation
Monoprint/Weaving
102×137cm, 1996

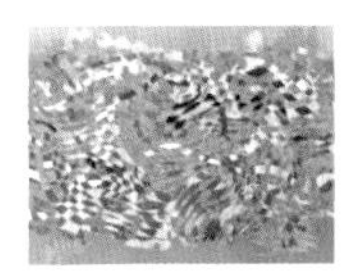

Garden Fern
Monoprint/Weaving
48×63.5cm, 1996

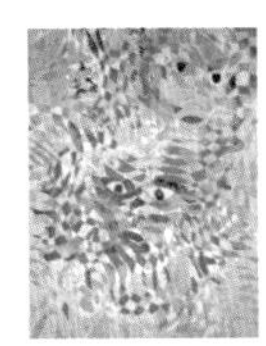

Rivals
Monoprint/Weaving
63.5×48cm, 1996

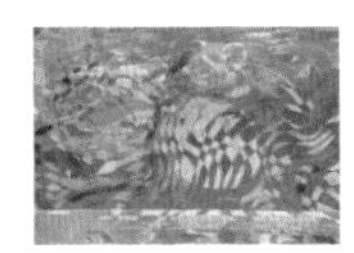

Silver Moon
Monoprint/Weaving
48×63.5cm, 1998

Mirage
Monoprint/Weaving
56×76cm, 1999

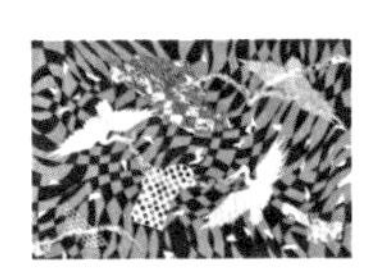

Airborne
Monoprint/Weaving
30.5×46cm, 2001

Garden
Monoprint/Weaving
63.5×48cm, 2003

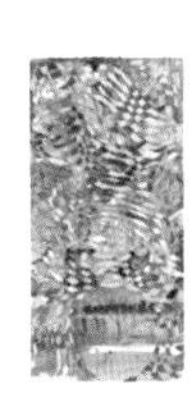

Park View
Mixed media/Weaving
76×38cm, 2003

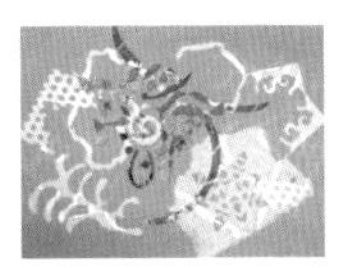

Doodle Plus
Monoprint/Weaving
43×56cm, 2003

Hunting Scene 2
Monoprint/Weaving
48×63.5cm, 2005

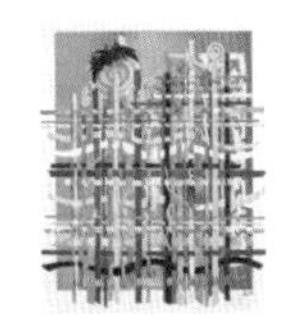

Feeling Dizzy
Monoprint/Weaving
63.5×48cm, 2005

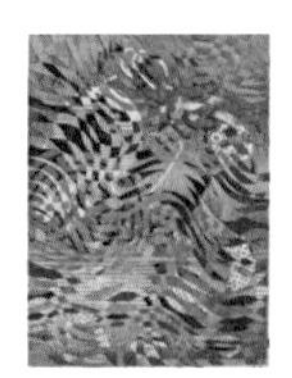

Mechanical Moon & Bosun
Collagraph/Weaving
63.5×48cm, 2009

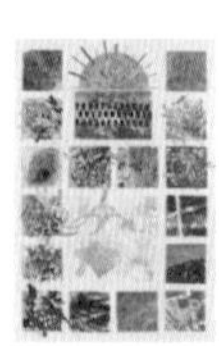

Mind through the Windows
Mixed media/Weaving
152×102cm, 2010

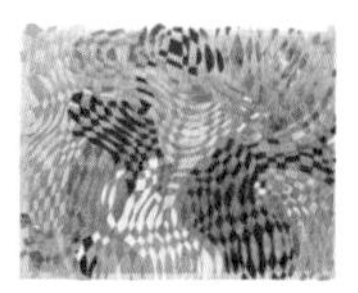

Waggy Dog Mixed
Media/Weaving
48×63.5cm, 2010

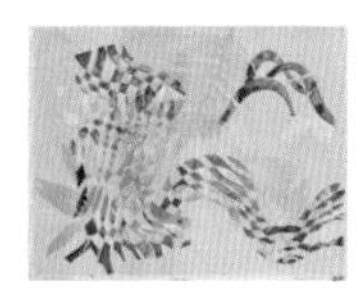

Streams
Monoprint/Weaving
51×66cm, 2010

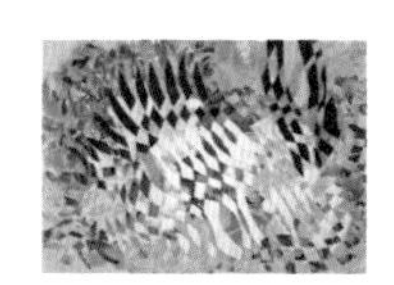

Swan
Mixed media/Weaving
46×58cm, 2011

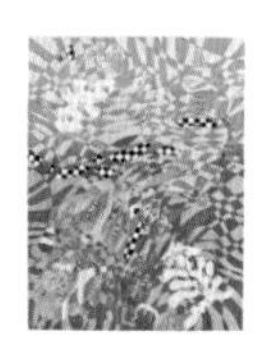

Bulnocho
Monoprint/Weaving
63.5×48cm, 2011

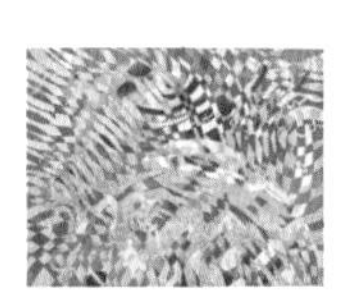

Global Warming
Monoprint/Weaving
48×63.5cm, 2011

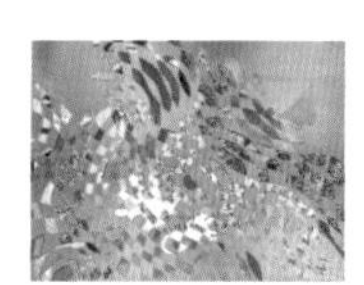

Point Red
Monoprint/Weaving
46×58cm, 2011

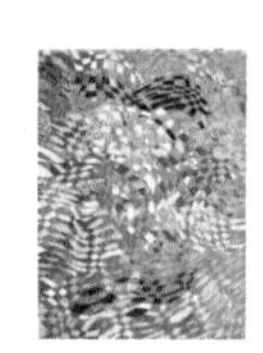

Washing in the Stream
Monoprint/Weaving
63.5×48cm, 2011

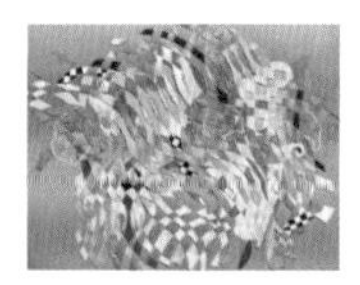

Steps of the Past
Monoprint/Weaving
48×63.5cm, 2011

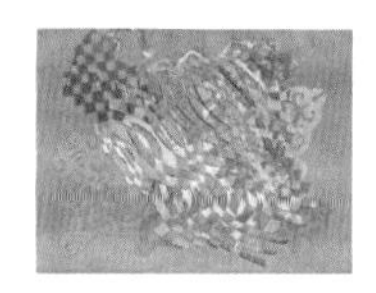

Wings on a Flying Insect
Monoprint/Weaving
48×63.5cm, 2011

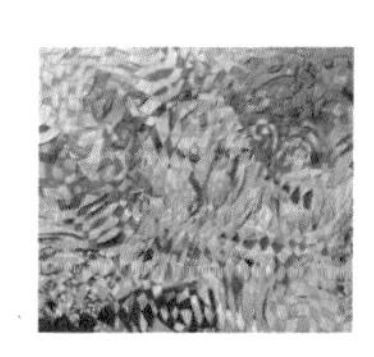

Dreaming Butterfly
Mixed media/Weaving
46×51cm, 2011

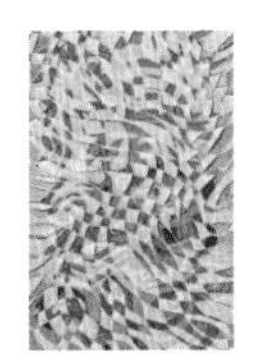

Minwha
Collagraph/Weaving
46×30.5cm, 2011

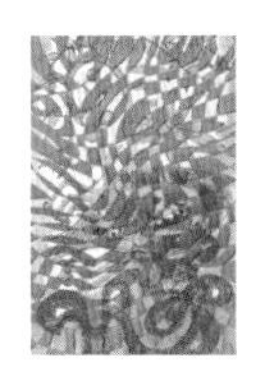

Minwha 2
Collagraph/Weaving
46×30.5cm, 2011

Talking Face
Intaglio/Weaving
38×46cm, 2011

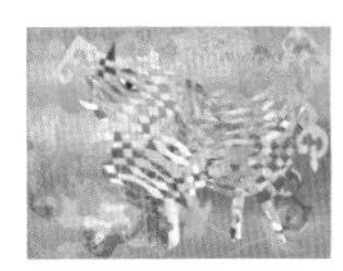

Beast on the Loose
Monoprint/Weaving
48×65cm, 2011

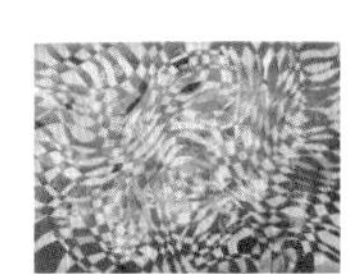

Leaves for All Season
Monoprint/Weaving
61×76cm, 2012

Forest
Print/Weaving
71×91cm, 2012

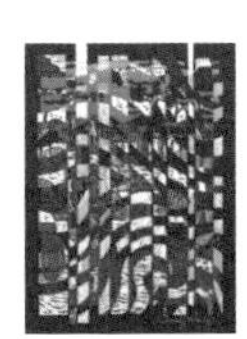

Fleeting Time & Yanghanjung
Linocut/Weaving
35.5×28cm, 2017